KB050500

홀릭

: 그의 직장 성공기

Holic
: 그의 직장 성공기 6

초판 1쇄 인쇄일 2016년 1월 18일 ㅣ **초판 1쇄 발행일** 2016년 1월 20일

지은이 복면작가 ㅣ **펴낸이** 곽중열 ㅣ **담당편집 팀장** 이범수
편집부 신연제 이윤아 김은경 홍현주

펴낸곳 (주) 조은세상 ㅣ **출판등록** 제 2002-23호
주소 경기도 연천군 미산면 청정로 1355
TEL 편집부 02)587-2966 ㅣ FAX 02)587-2922
e-mail bukdu@comics21c.co.kr

ⓒ복면작가 2015
ISBN 979-11-5832-421-6 ㅣ ISBN 979-11-5832-294-6(set) ㅣ 값 8,000원

※잘못 만들어진 책은 바꿔 드립니다.
※저자와의 협의에 의해 인지는 생략합니다.

홀릭
: 그의 직장 성공기

HOLIC

복면작가 현대 판타지 장편소설

NEO MODERN FANTASY STORY & ADVENTURE

북두
(도)좋은세상

CONTENTS
NEO MODERN FANTASY STORY & ADVENTURE

홀릭
: 그의 직장 성공기

홀릭

HOLIC : 그의 직장 성공기

126회. 아이를 갖는다는 건

　유미의 입덧이 분명한 상황에서 그녀의 아버지, 정필호를 보는 민호의 눈빛이 흔들렸다.

　특히, 숟가락을 든 그의 손이 부들부들 떨리는 게 보이는 순간, 자신도 모르게 손을 코에 가져다 댔다.

　다행히 자리가 자리인지라 지난번처럼 숟가락을 던지지는 않았다.

　민호는 일단 다시 시선을 유미에게 돌렸다.

　"저, 화장실 좀 다녀올… 우욱…."

　그녀는 여기 있는 사람의 시선을 받자, 재빨리 일어났다.

　그때 그녀의 어머니가 이 일을 수습하기 시작했다.

　"쟤가 오늘 아침부터 속이 좋지 않다고 하더니…."

"아, 네⋯."

그 말을 민호의 어머니가 받았지만, 눈에는 의심이 걷히지 않았다.

당연히 자기 아들을 쏘아보기 시작했다.

그런데 민호는 눈을 마주칠 겨를이 없었다.

"잠시만 저도 화장실을⋯."

유미가 걱정되어 민호 역시 몸을 일으킨 것이다.

그는 빠른 걸음으로 화장실 앞으로 가서 유미가 나올 때까지 기다렸다.

기다리는 동안 인터넷으로 '입덧'을 검색했는데, 사람마다 다르지만, 보통 6주차 때부터 나타난다고 하니, 지금 시기에 입덧을 하는 게 하나도 이상하지 않았다.

잠시 후 화장실에서 유미가 나오자 민호가 걱정스러운 말투로 입을 열었다.

"괜찮아?"

"응. 미안해⋯."

"네가 왜? 잘 됐어. 이참에 그냥 밝혀버리지 뭐."

"안 돼, 오빠. 끝까지 숨겨야지. 그게 오빠 계획이었잖아."

그 말을 듣고 민호는 고개를 저었다.

처음에는 당황했지만, 차라리 잘 된 일이라고 생각했다.

인생은 계획대로 설계될 수 없다.

그래서 재미있는 것 아니겠는가.

그런데 유미를 다시 데리고 앉자마자 다시 그의 계획에 어긋나는 일이 발생했다.

간신히 화를 억누른 것 같은 정필호.

그를 보면서 민호의 아버지, 김만식이 허허 웃으며 이렇게 말하는 게 민호의 귀에 들려왔다.

"요즘 아이들이… 사람 맘 같지가 않아요. 뭐… 전 열려 있습니다. 요즘 결혼할 때 임신은 혼수라는 말이 있지 않습니까? 그 말 좋습니다, 그 말 좋아해요. 허허허. 이왕이면 딸로…."

경악을 금치 못하는 말!

민호의 눈이 커졌다. 그리고 다시 한 번 정필호가 부들부들 떨면서 숟가락을 짚고 있는 게 눈에 보였다.

❉

상견례가 끝나고 집에 와서 부모님에게 솔직히 고백하는 민호.

아까 김만식의 말처럼 그의 어머니, 유옥경 여사도 다행히 사고방식이 열려 있었다.

임신이 당당한 것은 아니지만, 그걸로 자식을 꾸지람하지는 않았다.

민호의 이야기를 다 듣고 김만식은 편하게 말했다.

"딸이면 좋겠다. 유미 닮은. 하하하."

이럴 때나 이야기하지, 아까 굳이 이야기할 건 뭔가?

가끔 아버지의 저 주책이 자신을 곤란하게 만들 때가 있다고 생각하며, 민호는 속으로 고개를 저었다.

그래도 이런 이야기를 편하게 말할 수 있는 부모님을 둔 게 다행이라고 생각하는 민호.

문제는 유미의 아버지 정필호라고 생각했다.

유미가 말려서 찾아가지는 않았지만, 그녀가 크게 혼날지도 모른다는 생각에 집을 나올 수밖에 없었던 민호.

심호흡을 한 채, 차에서 블루투스로 유미에게 전화했다.

"별 일 없어?"

(응. 어디야?)

"거기 가고 있어."

(뭐? 안 돼. 오지 마!)

"왜?"

(아빠가 화 날 때는⋯ 그냥 안 오는 게 좋아!)

유미의 목소리에는 살짝 두려움이 깔려 있었다.

민호는 그 음성을 듣고 더 가야 한다고 생각했다.

혹시 유미가 그녀의 아버지에게 머리라도 싹 밀리는 건 아닌지 걱정이 되었다.

그 정도로 몰상식해 보이지는 않지만, 매우 보수적인 성향의 정필호다!

자신의 철학에 어긋난 행동을 한 유미가 얼마나 미워 보이겠는가.

"아냐, 유미야. 내가 가서 온몸으로 너를 막아줄게!"

(아니… 그럴 필요는 없는데…)

"차라리 잘 됐어. 결혼도 앞당기자."

(…….)

그를 말리는 걸 체념했는지 아무 대답없는 유미.

가까스로 다시 그녀를 달래고 드디어 아파트에 도착했다.

민호는 마음이 급했다.

눈에 보이는 자리에 아무렇게나 주차하고 나서 바로 올라가 초인종을 울렸다.

다시 한 번 숟가락 같은 걸 던진다면, 한 번 자신의 코를 희생시키겠다는 각오까지 했다.

곧 문이 열리고 유미의 동생, 정유철이 나왔다.

"어? 매형 왔어요?"

"어… 그래…"

민호는 그의 표정이 평소와 다름없이 느껴져서, 들어가기 전에 곧바로 정유철의 귀에다가 속삭였다.

(별일 없어?)

(살짝 조용해요. 들어가서 그냥 싹싹 비세요.)

(알았어, 고마워.)

그러나 그의 충고와는 달리 당당히 들어간 민호.

그 당당함에 정유철은 고개를 살짝 흔들었다.

그게 끝이 아니었다.

정필호의 앞에 선 민호의 목소리에는 자신감이 묻어 나왔다.

"좀 더 결혼을 앞당기고 싶습니다."

이미 방에서 나온 유미는 민호에게서 책임감과 안정감을 느꼈다.

평생 자신을 지켜 줄 거라는 믿음.

그런데 정필호도 비슷한 마음이었을까?

잠시 민호를 보며 아무 말도 하지 않았다.

그게 민호에게 더 자신감을 불어넣어 주었다.

그래서 더 큰 목소리로 결혼을 앞당기겠다고 말하려고 하는데….

벌떡!

"이놈의 자식이! 싹싹 빌어도 용서할까 말까 하는데? 뭐? 결혼을 앞당겨! 너 이리와!"

말과 동시에 엄청나게 빠른 속도로 자신에게 달려오는 정필호.

덥썩! 멱살을 잡혔다.

어쩌면 유도를 배웠을지도 몰랐다.

유미가 어렸을 때, 자주 아팠다는데, 확실히 정필호를 닮은 것 아니었던 것 같았다.

이렇게 힘이 좋다니.

"자… 장인어른!"

"장인어른? 장인어른? 결혼도 하기 전에 그렇게 부를

때부터 내가 알아봤어, 이놈아! 내가 오늘 너의 다리 몽둥이를 부러 트려 주겠어. 일루 와!"

그 말을 듣고 민호는 순간적으로 두 손을 자신의 중요 부위 앞에 놓았다.

다리 몽둥이를 부러트린다는 그 말.

그에게 가장 소중한 다리 몽둥이일 것 같아서 위협을 느낀 것이다.

다행히 유미가 와서 정필호의 오른팔을 붙잡았다.

왼쪽은 유미의 어머니가 붙었다.

"아버지, 아버지!"

"아이고, 유미 아빠! 말로 해요! 네? 말로…."

"놔! 놓으라고! 내가 이놈의 자식을 오늘!"

눈을 부라리는 정필호.

자신을 말리는 가족은 안중에도 없었다.

턱! 하고 멱살을 놨는데…

"유철아! 가서 야구 방망이 가지고 와!"

"네?"

"빨리 안 가져와?"

이러지도 저러지도 못하는 유철을 보며 민호의 눈빛이 간절함을 보내기 시작했다.

다행히 유철은 방망이를 찾는 시늉도 하지 않았다.

머리를 긁으며,

"저 공부해야 해서… 독서실 갔다 올게요."

라고 최종적으로 민호를 택했다.

볼 때마다 주머니에 찔러준 용돈이 결정적일 때, 제 역할을 하는 것 같아서 민호는 속으로 안도의 한숨을 쉬었다.

그러나 가만히 있을 정필호가 아니었다.

"어쭈? 이 집안에 내 편은 없다 이거지? 내가 직접 찾아온다. 내가 직접!"

"아빠!"

그때 평소의 유미답지 않은 큰 목소리가 그녀의 입에서 튀어나왔다.

이런 모습은 민호도 처음 보았지만, 그녀의 아버지도 처음 봤는지 살짝 엉거주춤했다.

심지어 그녀의 말이 끝나자 적막함까지 살짝 흘렀다.

그 누구도 말을 하지 못했다.

그러다가 정필호는 자신의 아내에게 시선을 돌렸다.

그의 아내는 정필호에게 고개를 저으며 더 건드려서는 안 된다고 신호하고 있었다.

이 장면을 보고 민호는 속으로 '살았다!'를 연속으로 외치고 있었다.

역시 자신의 구세주는 유미였다는 걸 다시 한 번 확인했다.

만세라도 부르고 싶은 민호.

잠시 후 힘없이 어깨를 늘어트리며 자신의 방으로 들어가는 정필호를 보았다.

아마도 이제 통제권 밖에 있는 유미를 보며 인생무상을 느낄지도 모르는 일이었다.

다시 나왔을 때에도 마찬가지로 한마디 말도 없이 문밖으로 나갔다.

민호는 재빨리 그를 따라 나섰다.

아마도 담배를 피우러 가는 것이리라.

민호의 예상대로 정필호는 엘리베이터에서 내려서 아파트 흡연구역으로 가더니 담배를 물었다.

칙! 불은 민호의 호주머니에서 나왔다.

"전 담배를 안 피우지만, 늘 장인어른을 위해서 불을 가지고 있습니다."

이 정성을 봐서 봐달라고 하는 것일까?

정필호는 담배를 한 모금 빨아들이면서 민호를 물끄러미 보았다.

"후우… 결혼은 서둘러야 할 거다."

"그럼요. 당연하죠."

천연덕스럽게 말하는 민호가 미웠다.

하지만 그를 건드리면 유미가 화를 낼 것이다.

정필호는 화를 가라앉히기 위해서 담배를 깊이 빨아들였다.

역시 자식 이기는 부모는 없는 법이었다.

*

　　월요일은 늘 직장인들에게는 병에 걸리는 날이다.

　　이걸 월요병이라고 한다.

　　하지만 민호는 직장에 와서 월요병에 걸려본 적이 거의 없었다.

　　그는 다른 사람과는 달리 직장이 즐겁다.

　　특히 지난주 상견례까지 마친 상황에서 개인적인 일이 거의 완벽하게 정리되자, 더더욱 맘 편히 일할 수 있다는 생각이 들었다.

　　이제 남은 건 결혼 날짜.

　　민호는 유미를 태운 후에 넌지시 의향을 물어보았다.

　　"다음 달쯤 생각하고 있는데…."

　　"어젯밤 엄마도 빨리하라고…."

　　유미의 목소리가 떨리는 게 민호의 귀에 들려왔다.

　　그게 또 너무 귀여웠다. 그녀를 간절하게 안고 싶은 만큼.

　　다만 조심해야 할 건 조심해야 해서 당분간 성생활을 자제해야 할 것 같았다.

　　생각해보니 지난주 종로에 들른 산부인과에서 그 부분에 관해 자세히 묻지 못했다.

　　민호에게는 정말 중요한 일인데…

　　그에게는 정말 중요한 일인데…

어떻게 빠트릴 수 있었을까?

다음 번에 산부인과에 들를 때에는 반드시 물어보리라 다짐했다.

잠시 후 회사에 출근했을 때, 늘 같은 표정 같은 말로 자신에게 인사하는 사람들.

"오셨어요?"

"오늘도 멋지시네요."

주로 여자들이 이런 인사를 했다.

물론 민호는 항상 그들의 인사를 표정없이 받았다.

괜히 유미의 신경이 쓰이는 일을 만들고 싶지 않았기에.

하지만 가끔 한 사람에게 호기심이 이는 것은 어쩔 수가 없었다.

자신을 쳐다보기에 바쁜 많은 여자와는 달리 묵묵히 일하고 있는 2팀 신입사원 송초화.

자리에 앉자마자 잠시 생각해 보았다.

도대체 그녀의 정체는 무엇일까?

나이가 송연아와 같은 걸로 봐서는 벌써 결혼한 건 아닐 거로 생각하던 민호의 머리가 살짝 좌우로 돌아갔다.

세상에는 정말 실수가 많았다.

자신도, 자신의 장인어른이 될 정필호도…

모두 실수를 통해서 아버지가 되지 않았는가.

그녀 역시 그럴 수 있다고 생각하고 곧바로 관심을 끊었다.

잠시의 상념. 그것보다 더 중요한 일이 생각났기 때문이다.

그는 지난주부터 지금까지 돌부처 같은 미소를 짓고 있는 장규호를 지나쳤다.

장규호가 자신에게 신경 쓴다는 걸 바로 의식하며 속으로 미소를 지었다.

그가 지금 가는 곳은 대표실.

박 사장이 출근했다는 소식을 기다렸는데, 바로 비서에게 문자가 왔다.

엘리베이터를 타고 올라가면서 심호흡을 가다듬는 민호.

회사 일 중 큰 건이 터질 때마다 짓는 표정이 그의 얼굴에 드러났다.

문을 열고 들어가서 인사하고 고개를 들었을 때, 박상민 사장도 그의 얼굴에 담겨 있는 표정을 읽은 것 같았다.

"또 무슨 일이지?"

"팀 하나를 만들고 싶습니다."

"팀?"

"정확히는… 리서치 센터입니다."

홀릭

HOLIC : 그의 직장 성공기

127회. 옴므파탈

리서치 센터?

이 뜬금없는 아랫사람의 제안에 박상민 사장은 눈을 동그랗게 떴다.

그게 왜 필요한지 알 수 없었기에.

"회사에 이미 마케팅 팀이 있는데…, 전략 기획실도 있고…."

영역이 겹쳐서 굳이 필요한지에 대해 간접적으로 묻고 있었다.

보통 아랫사람의 제안을 거절하지 않는 박상민 사장이었기에, 이 정도 표현이면 긍정적이지 않다는 것을 민호는 잘 알았다.

그래도 뜻을 여전히 관철하는 민호.

박상민 사장을 설득하기 시작했다.

"알고 있습니다. 하지만 제가 장담하건대, 앞으로 구성할 리서치 센터의 정보력은 현재 마케팅 팀의 정보력보다 몇 배나 빠르고 정확할 겁니다."

"흠…."

고민에 들어간 박상민 사장이다.

사실 지난번 장규호가 찾아와서 회사의 자금 문제를 언급한 적이 있었다.

글로벌 기업은 너무 빨리 무언가를 추진해서 회사에 돈이 쌓이기 전에 다 소진하고 있다고.

옳은 말이었다.

늘 아랫사람의 의견을 귀에 담는 그였기에 더 공감했었다.

나중에 민호 이야기도 나왔다.

작년 내내 민호가 추진한 사업이 성공은 했지만, 외형만 커졌지 내실로는 큰 득이 되지 않았다면서.

실제로 주식을 담보로 박상민 사장이 빌려서 투입한 돈이 상당했다.

비록 3월에 알츠하이머 신약을 판매하면서 이익금이 나오기 시작했지만, 그것은 일차적으로 저축은행의 빚을 갚았다.

그럴 수밖에 없는 게 나중에 재권이 경영진에 투입될

경우 유정의 은행에 빚이 남아 있다면, 크게 문제가 될 수
도 있었다.

그게 우선이라는 걸 알고 있는 박상민 사장은 당연히 우
선으로 그 빚을 처리해야만 했다.

"일단… 회사 자금 상황이 매우 좋은 건 아니야. 사람을
또 고용하고, 부서를 확장한다는 게 신중히 접근해야 한다
는 거… 민호야, 알고 있지?"

"네, 알고 있습니다."

여전히 당당한 민호.

그는 찌라시 공장을 아예 회사로 들일 생각을 했다.

주말 내내 계획한 것이다.

물론 그들 모두를 데리고 온다는 게 아니라, 핵심 인력을
회사에서 운영해보고자 했다.

나쁘지 않을 것 같았다.

특히, 내부에 잠입한 스파이 색출에 대해서는 그들의 재
능을 마음껏 발휘할 수 있으리라.

그런데 생각보다 박상민 사자의 태도가 미온적이었다.

자신의 말을 거의 다 들어준 그였기에 지금은 살짝 당황
스럽기까지 하다.

그래서 잠시 물러나는 걸 선택했다.

"죄송합니다. 회사의 사정이 생각했던 것보다 더 안 좋
군요. 제가 생각이 짧았나 봅니다."

"……."

출력
21

민호는 자리에서 일어나 인사하고 등을 돌렸다. 그때…

"잠깐만, 민호야."

박 사장이 그의 이름을 다시 불렀다.

재빨리 뒤돌아서는 민호. 허락을 예감하는 얼굴로 박 사장을 쳐다보았다.

못 말리겠다는 표정을 박상민 사장은 한숨을 내쉬었다.

"일단 추진해 봐. 돈 많이 안 드는 방향으로… 약한 소리 해서 미안하지만, 올해는 새로운 사업보다는, 진행하는 사업의 내실화가 먼저라고 생각했다. 회사에 돈이 축적되지가 않아서 말이야."

"그런 거라면…."

"……."

"차라리 사원 복지에 돈을 더 투자하시는 게 좋을 것 같습니다."

민호는 그동안 느꼈던 부분을 이참에 다 말하기로 결심했다.

그동안 회사의 운영진과 가까워 보였지만, 엄밀히 말하면 민호는 아래쪽 말단에 더 근접한 위치였다.

또한, 일 년 사이에 세 개의 직급을 겪어 보았으니 각 위치에서의 애로사항을 다양하게 알 수 있었다.

더욱이 그가 지금보다 더 직급이 올라가면 느낄 수 없는 일이 대단히 많았다.

바로 지금이 이야기할 수 있는 적기였다.

"돈이 없어서 사원복지가 안 된다면… 그들의 이야기를 더 들어주십시오."

"흐음…."

"사장님의 장점은 사원들과 직접적인 스킨쉽 아닙니까? 저도 가끔 사무실에 오시는 사장님과 대면해서 좋은 아이디어를 많이 말씀드린 거고… 그런데 요즘은 좀 드물어지신 것 같습니다. 그 이유를 모르겠지만 말입니다."

슬슬 고개를 끄덕이는 박상민 사장.

이유가 없지는 않았다.

자신의 딸과 아들이 근무하고 있으니, 특히 6층에 가기가 매우 꺼려졌다.

그러다 보니 다른 사무실도 잘 들르지 않았다.

만약 누군가 자신에게 초심을 잃었다고 말한다면, 당장에라도 고개를 끄덕일 상황이었다.

그런 의미에서 민호에게 단 하나! 마음에 드는 게 있었다.

바로 그가 간신배는 아니라는 점.

주변에서 달콤한 말만 하는 사람과는 확실히 달랐다.

그래서 더 마음에 든 것도 있었다.

생각해보니 박 사장 자신도 예전에 안판석 회장에게 직언을 많이 날렸기 때문이다.

"알았다. 네가… 참… 나를 일깨우는구나."

"주제넘은 것 같아서 항상 이런 말씀 드리고 후회하곤 했습니다."

"아니야, 아니야. 볼 때마다 성장하는 게 느껴져. 연공서열이 중요해서 지금도 빠르다고 생각했는데…."

그게 아니었다.

고작 스물아홉 살의 민호일지라도 더 높은 곳에 올라갈 자격이 있다고 생각한 박 사장.

그래도 그런 말을 하는 건 아직 시기상조라고 생각했다.

다만 언젠가 기회가 생기면 높은 자리 하나를 맡겨보고 테스트하고 싶었다.

그래야 자신이 물러설 때, 불안하지 않을 테니까.

"그럼 전 진짜 내려가겠습니다. 리서치 팀은 곧 구성해서…."

"나한테 직접 올려."

"네?"

"다이렉트로 말이야. 앞으로 중간 과정 생략해도 돼. 내가 다 말해 놓을 거야."

민호의 눈이 살짝 커졌다.

이 말이 의미하는 건, 마치 민호를 중역 이상으로 놓고 본다는 것이었다.

물론 오늘처럼 가끔 직접 찾아와서 의견을 개진하기도 하지만, 이건 단지 그냥 비공식적인 요청에 가까웠다.

박상민 사장이 지금 말하는 건 공식적인 결재절차였는데, 또 한 번 민호에게 힘을 실어준 것이나 마찬가지다.

할 말 다한 민호. 얻어낼 거 다 얻어낸 김 과장.

이제 또 다른 계획을 향해 달려가는 일만 남았다.

사장실을 나오면서 꺼낸 스마트폰에 그가 해야 할 일이 보였다.

부재중 전화가 딱 한 통 찍혀 있었다.

〈용팔 씨〉

그의 이름이 찍혀 있는 걸 보고 민호의 얼굴에 미소가 맺혔다.

오늘은 월요일이다. 민호가 찌라시 공장에 준 제한시간이 바로 오늘까지였다.

지난 주말 개인의 일을 정리했으니, 이제 회사의 일을 정리할 시간이다.

사장실이 있는 층에 올 때는 엘리베이터를 탔는데, 갈 때는 계단을 이용했다.

거기다가 내려가는 게 아니라 올라가는 민호.

옥상에서 빌딩을 등지고 비상구의 문을 바라보았다.

누군가 들어올지도 모르니 눈으로 정면을 감시하는 것이다.

3월의 바람이 그의 몸을 시원하게 만들었다.

그 기분을 한껏 느끼며 그는 스마트폰의 통화버튼을 눌렀다.

(형님, 접니다.)

"……."

용팔이라는 사내는 민호보다 나이가 많았다.

예전에 어떤 조직에 몸담고 그 세계를 평정했다고 하는데, 그래서 자기보다 윗사람에게 '형님'이라고 부르는 습관이 있었다.

"형님은… 안 했으면 좋겠는데…, 어쨌든, 결과는요?"

(자주 가는 룸살롱에 우리 애 한 명이 있었습니다.)

"잘 됐군요."

(직접 오셔서 듣는 게 더 좋을 것 같습니다.)

"알겠습니다. 조금 이따가 들르겠습니다."

찌라시 공장은 증거가 남는 걸 대단히 꺼린다.

나쁘지 않았다. 어차피 좋은 머리 민호도 들은 걸 머릿속에 저장하면 된다고 생각했다.

사무실에 내려가서 바로 외근 준비를 했다.

그때 장규호의 목소리가 들렸다.

"김 과장 또 나가는 건가?"

"네, 한 시도 못 쉬네요. 하하하."

민호는 웃음으로 그의 목소리를 받았다.

그러다가 본 그의 눈빛. 민호가 어디를 가는지 간절히 알고 싶어하는 것 같았다.

도대체 왜?

왜 그렇게 자신에 대해서 궁금한 것일까?

그래도 지금은 그의 방심을 이끌어낼 필요가 있었다.

"공장 갑니다."

공장을 간다는 말. 장규호를 기만하기 위해서 거짓말을

하고 있는가.

아니다. 공장은 맞다.

하청 공장이 아니라, 찌라시 공장이라서 그렇지.

"아, 그렇구먼."

장규호는 고개를 끄덕였다.

요즘 자주 가는 곳이 거의 정필호의 하청 공장이었는데, 민호는 왠지 모르게 그가 알고 있을지도 모른다고 생각했다.

그냥 예감이다. 그것에 의존해서 팩트를 'if'로 만들 필요는 없다고 여겼다.

일단 그 팩트를 확인하는 게 먼저.

찌라시 공장으로 갔을 때, 용팔이가 그를 팩트로 안내해 주었다.

안내받은 곳은 룸살롱이었다.

당연한 이야기지만, 아직 점심시간도 되지 않았기에, 손님은 단 한 명도 없었다.

룸 넘버 1번.

그곳을 노크도 하지 않고 들어가는 용팔이.

민호는 그를 따라 들어갔다가 그만 고개를 재빨리 다른 곳으로 돌리고 말았다.

완전 나체는 아니지만, 검은색 속옷만 입은 여자가 있었기 때문이다.

그런데 용팔이는 개의치 않는 것 같았다.

"형님 오셨어."

그렇게 말하고 뒤를 돌아보는 용팔이.

민호가 다른 곳으로 시선을 돌리자 가볍게 웃으며 그 여자에게 다시 말했다.

"옷 좀 걸쳐라."

아까 민호가 왔다는 소리에도, 지금 옷을 입으라는 신호에도 대답은 없었다.

그러나 부스럭거리는 소리에 민호는 그녀가 용팔이의 말대로 옷을 걸치고 있다는 걸 알았다.

잠시 후 소리가 잦아들자 다시 시선을 돌렸을 때, 민호의 눈이 번쩍 뜨일만한 미인이 앉아 있었다.

유미와는 다른 종류의 아름다움.

이른바 퇴폐적인 미(美).

이것을 보고 마음이 흔들리지 않을 남자는 없으리라.

민호 역시 잠시 멍했다.

본능적으로 머릿속에서 그녀의 아름다움에 대한 입력이 시작되고 있었다.

진한 화장이었지만, 약 20대 후반의 외모, 오똑한 코, 붉은 입술, 큰 두 눈, 가슴은 36 D…

'헉!'

속으로 그녀의 가슴 사이즈까지 갔다가 바로 시선을 올리는 민호.

그때 그녀의 입에 담배가 물린 것을 보고 주머니에서 라이터를 꺼내고 싶은 마음을 꾹꾹 눌렀다.

그녀는 후우 하고 담배 연기를 내뱉으며 민호를 불렀다.

"김민호 씨?"

"네, 제가 김민홉니다."

민호가 대답하는 순간 용팔이는 잠시 자리를 비웠다.

정확히는 문을 닫고 앞에서 대기하는 것처럼 보였다.

참 든든했다. 저 맛에 종로 큰손이 저 사람을 데리고 다니지 않았을까?

민호는 이런 생각을 하면서 그녀에게 다가갔다.

다가가면서 자신을 응시하는 눈을 보기 시작했다.

착각일까? 그녀의 큰 두 눈에는 처음에는 호기심으로, 그 다음에는 '야릇함'으로 물들고 있다는 것.

물론 아니다.

민호는 어느 정도 주변 여자에 대해서 확신하는 바가 있었다.

유미가 주는 선물.

그 매력으로 인해서 자신을 본 여자들은 예외적으로 유부녀가 아니라면 시선을 떼지 못한다는 것을 아주 잘 알고 있었다.

그래서 점점 자신감으로 가득 찬 민호는 그녀와 약간 거리를 둔 채 발을 꼬고 앉았다.

그녀를 보는 눈빛은 살짝 시크해졌다.

가슴속으로 유미를 되뇌며, 그 누구의 유혹도 빠지지 않으리라 다짐하고 있었으니 당연한 일이다.

무엇보다도 가장 시크한 것은 민호의 입에서 나오는 음성이었다.

"제가 알고 싶은 것을 말해주세요."

그 목소리를 들은 여인.

민호가 거리를 두는 것을 확실히 느꼈을 것이다.

그래서 그녀의 눈빛에 순간적으로 아쉬움이 가득 담겨 있어 보였다.

이것 역시 아마도 민호의 착각은 아닐 것이다.

HOLIC : 그의 직장 성공기

128회. 팜므파탈

종로 찌라시 공장은 사실 음지와 깊은 연관을 맺지 않을 수 없었다.

두 갈래 중 하나는 주먹 쪽이고, 다른 하나는 유흥 업소 였다.

그중 지금 민호에게 말하는 여인은 후자를 관장하는 총 책임자라고나 할까?

아무튼, 자신이 얻은 정보를 열심히 민호에게 전달하고 있었다.

"신기하네요. 여의도 찌라시 공장이 사람을 고용하다니? 그럴 수도 있나요?"

"이해관계가 복잡하게 얽혔는데, 아주 깊은 내용까지는

몰라요. 제가 아는 건 데리고 있는 애 하나가 룸에서 얻은 정보가 다죠."

유흥 업소에서 벌어지는 일들.

인간은 술에 취하면 여러 가지 말을 털어놓는다.

장규호 역시 마찬가지다. 그리고 장규호와 이해관계에 얽힌 이들 역시.

룸에서 장규호와 미지의 인물을 접대하던 아가씨가 얻은 정보.

장규호는 찌라시 공장에 고용된 상태라고 했다.

그쪽에서 장규호에게 가장 경계해야 할 사람으로 민호를 지목했다는 이야기를 듣고 그의 표정이 변했다.

점점 자신이 이쪽 세계에 노출되고 있었다.

이건 과히 좋은 게 아니었다.

그에게는 지켜야 할 유미와 아직 태어나지 않은 아이가 있지 않은가.

더더욱 현재의 찌라시 공장을 양성화해야 한다고 생각했다.

지하 세계와는 더 얽히고 싶지는 않았으니까.

어쨌든, 장규호가 찌라시 공장과 연관이 되어 있다는 정보는 그에게 꽤 값어치가 있었다.

당연히 진지한 얼굴과 강렬한 눈빛이 될 수밖에 없었고, 이것을 본 여인이 민호에게 또 다른 정보를 흘렸다.

"여의도 찌라시 공장이 JJ 사모펀드와 관련이 있어요."

"JJ 사모펀드라…."

최근에 봤던 경제 뉴스에 자주 오르내리는 한국계 펀드.

민호의 머리에 또 한 번 입력시켰다.

당연히 친구가 아닌 적으로.

그는 더 자세한 정보를 원했다.

그래서 묻는 말.

"둘 중 어디가 원데요?"

"JJ 사모펀드일 가능성이 높아요. 그런데… 그 사모펀드 역시…."

민호는 그녀의 다음 말을 기다렸다.

그러나 그녀는 입을 갑자기 다물었다. 그러다가 몇 초의 시간이 흐른 뒤에 붉은 입술을 열었다.

"나중에 더 확인되면 말씀드릴게요."

그녀의 이름은 희재.

종로 찌라시 공장 소속으로 10년을 일했다.

벌써 서른이다.

이 바닥에서는 점점 환갑에 가까워져 오는 나이.

너무 어렸을 때부터 일해서 그런가.

남자는 다 눈에 차지 않았다.

만나보지 않았다는 이야기는 아니다. 많은 남자를 겪어 보았고, 그들에게 환멸을 느꼈다.

하지만 앞에 있는 묘한 매력의 남자는 지금까지 만난 남자와는 완전히 달랐다.

설명할 수 없지만, 민호의 치명적인 매력에 잠시 반하기까지 했다.

그래서 확실하지 않은 이야기의 서두까지 꺼내버렸다.

꼬투리를 잡으면 어쩌나 걱정했던 그녀.

"알겠습니다. 그럼 나중에 말씀해주십시오."

다행히 민호는 더 묻지 않았다.

그녀의 눈에 이채가 서렸다.

왜 그런지 모르겠지만, 자신도 모르게 한 가지 더 던지고 말았다.

"JJ 사모펀드에서 홈 마트를 인수한다는 설이 있어요."

"설… 입니까?"

"네, 설… 확실한 건 아녜요."

단지 소문에 불과하다는 이야기.

그러나 민호의 촉이 움직였다.

홈 마트는 오래전부터 시장에 나온 거대 규모의 대형 할인점이다.

7조가 넘는 액수 때문에 안재현조차 부담스러워 했는데, JJ 사모펀드가 인수한다니…

"그럼 나중에… 확실해지면 꼭 말씀해주십시오. 부탁드립니다."

"네… 알겠어요."

예의에 벗어나지 않으면서 당당한 민호.

그 모습에 또 한 번 인상을 받은 희재였다.

또한, 이야기를 다 듣고 일어나는 민호를 보며 눈빛에는 아쉬움을 담았다.

더 할 이야기는 없을까? 그가 흥미를 갖고 여기에 더 오래 머물 수는 없을까?

자꾸 그 생각이 머리에 떠올랐다.

그런데 그동안 이미 그는 자신에게 작별 인사를 고하고 있었다.

"그럼 고마웠습니다. 나중에 또 뵙겠습니다."

"네, 나중에… 꼭 오세요."

나중에 또 오라는 말.

남자한테 이런 말을 장삿속으로 안 해본 적이 얼마 만인가.

기억도 나지 않았다.

그의 뒷모습을 보며 가슴이 자꾸 비는 느낌 역시.

서른 나이… 설마 짝사랑을 하는 것일까?

안타깝게도 대상이 잘못되었다.

희재의 마음을 알아채도 민호는 일편단심 민들레였다.

그래서 더 예의 있게 그녀를 대했다.

선을 그은 것이다. 자신에게 접근하지 말라는.

문을 열고 나올 때까지 뒤도 돌아보지 않은 민호.

자신을 기다리는 용팔이를 보며 이렇게 말했다.

"곧 회사에 리서치 센터가 생길 겁니다."

"그게 뭡니까, 형님?"

"그 형님은… 안 했… 아무튼, 센터는 찌라시 공장의 전문 인력을 회사로 옮기려고 만든 겁니다."

민호는 대충 자신이 생각하는 계획을 그에게 알렸다.

용팔이는 모든 것을 들은 후에 뒷머리를 긁으며 이렇게 말했다.

"전 사실 들어도 너무 어려운 말이네요. 나중에 영계한테 알려주세요. 그럼 알아서 해석해주겠죠."

민호는 그 말을 듣고 고개를 끄덕였다.

학력 수준의 차이다. 아무리 쉽게 설명해도 알아듣지 못할 것이다.

차라리 그가 말한 '영계'에게 설명을 듣는 편이 나을지도 몰랐다.

그때 찌라시 공장에서 본 '영계'라는 별명의 여자.

나이 어린 남자를 밝힌다는 그녀가 그나마 머리가 있는 것 같았다.

그렇다면 용팔이는 통제에 능한 사람일까?

그때 종로 큰손의 비서인 이우혁 대신 용팔이가 그동안 찌라시 공장을 관장했다고 하지 않았던가.

좀 더 생각해본 민호는 용팔이가 그 정도의 인물은 아니라고 생각했다.

용팔이는 그나마 힘과 주먹을 가지고 있어서 이탈을 막을 수 있었을 것이다.

찌라시 공장을 잘 굴릴 수 있는 건 오히려 아까 본 그 여자가 훨씬 나아 보였다.

그래서 용팔이와 헤어졌을 때, 물었다.

"그 여자 분 이름이 뭐죠?"

"아… 영계요? 걔가 강성희….."

"아뇨, 아뇨. 아까 그 검은 속옷을 입었던…."

여기까지 말하고 민호는 입을 다물었다.

검은 속옷이 인상적이었나 보다. 용팔이 앞에서 그 이야기를 꺼낸 건 웬 망신인가.

그런데 이미 늦었다.

용팔이가 묘한 미소를 지으며 그에게 말했다.

"걔 희잽니다. 성은 몰라요. 어쨌든 희재. 하하하."

일단 머릿속으로 그녀의 이름을 입력한 민호.

하지만 이름과 같이 앞으로 기억될 것은…

검은 속옷이리라.

✤

민호가 회사에 복귀했을 때, 변함없는 장규호의 모습이 눈에 띄었다.

그는 미소를 지으며 여전히 사원들에게 잘해주고 있었다.

저 모습이 진심이었다면 정말 좋으련만…

"김 과장, 나 좀 잠깐 볼까?"

안타까운 마음이 표정으로 드러나서였을까?

그는 민호를 보며 갑자기 할 말이 있다고 전했다.

미소를 지으며 유리 회의실로 들어가는 장규호.

민호가 곧 뒤따라 들어갔다.

그가 들어오자마자 장규호는 용건을 꺼내기 전에 날씨 이야기나 세상 돌아가는 이야기를 했다.

그의 버릇이었다.

바로 용건에 들어가곤 했던 민호와는 완전히 다른 사람.

"어쨌든, 구인기 과장이 지난주에 따온 외산 담배 유통이 편의점에 들어가기 시작했어. 내가 여기를 잠시 맡을 때, 좋은 일이 일어나서 정말 기분이 좋아. 김 과장도… 좋은 일 있는 걸로 아는데…."

"……?"

"아닌가?"

민호는 그의 말에서 자신을 떠보는 건지, 아니면 무언가를 알고 이야기하는지 파악하기 위해서 잠시 무표정으로 응대했다.

머리가 회전되면서 그의 의도를 파악하려고 노력하는 모습.

그러다가 장규호의 표정이 변한다는 걸 깨달았다.

장규호 역시 민호처럼 얼굴에 미소를 지우기 시작한 것이다.

그제야 민호는 할 이야기가 나올 때가 되었다고 생각했다.

그리고 실제로 장규호는 심각한 표정으로 입을 열었다.

"웅심 말이야…."

"네. 대표님."

"거래 중단을 말할 거 같아. 최소한 중국 쪽 물량은."

"……!"

민호는 놀랐다.

웅심이 거래를 중단한다는 소식에 놀란 게 아니라, 그의 입에서 거래 중단 이야기가 나온 것에 놀랐다.

여의도 찌라시 공장과 연결되어 있다더니, 확실히 정보에 빠른 것으로 보였다.

그렇다면 이것을 자신에게 알려주는 이유는?

"대책을 마련할 수 있으면 좋겠어. 들은 이야기로는… 사람들이 해결사 김 과장이라고…, 그렇게 부르는 이유가 있겠지? 하하하."

다시 웃음을 터트리는 장규호.

그의 웃음을 보며 민호는 그가 자신을 시험해보려는 의도라는 걸 깨달았다.

당연히 거절하고 싶었다.

아직 내부적으로 그에게 자신의 모든 능력을 보여주고 싶지는 않았으니까.

그러나 지금은 조심해야 할 상황이다.

도마뱀은 자신의 꼬리를 자르고 도망친다.

JJ 사모펀드가 몸통이면 장규호는 바로 끝을 내면 된다.

그런데 희재가 실수로 이야기했던 특정 기업이 걸렸다.

그래서 신중한 민호.

장규호를 버리고 가버리면 몸통이 어딘지 발견하기 힘들었으니 잠시 그를 맞춰주는 게 옳은 일이었다.

문제는 유리 회의실을 나오자마자 자신을 찾아온 해외영업부 1팀 과장, 공건우의 표정이었다.

민호는 약간 골머리가 아파오는 걸 느꼈다.

"아까 장규호 대표님한테 내선 전화로 설명해 드렸는데… 김 과장한테 말하면 해결이 된다고 해서…."

물론 해결할 수 있다.

하지만 지금 이 방식으로는 절대 하기 힘들다.

아직 장규호가 회사에 있는 상황에서 누군가에게 기밀을 들려주는 것은 금물.

"조금만 기다려주시면 안 됩니까?"

"하아… 김 과장도 알다시피 해외 영업 1팀의 중국 물량 중 라면이 전력의 절반이야. 이게 끊기면… 올해 우리 성과는 절반으로 줄어. 내가 무슨 이야기 하는지 알지?"

왜 모르겠는가. 다만 해법을 지금 이야기할 수 없을 따름이다.

만약 공건우 과장이 구인기나 신주호였다면, 모든 걸 털어놓고 기다려달라고 했을 것이다.

그러나 회사의 모든 사람을 믿을 수는 없었다.

잘못해서 외부로 새어나가는 순간, 기밀은 기밀이 아니게 되는 것이다.

"당연히 알고 있습니다. 늦어도 한 달입니다. 딱 한 달만 기다려주십시오."

간신히 그를 달래서 올려보낸 민호.

시선을 돌렸을 때, 이쪽을 바라보는 장규호와 눈이 마주 쳤다.

단 한 번도, 누군가에게 당하지 않았다.

아무리 속을 숨기고 장규호를 기만하다가 뒤통수를 친다 는 의도일지라도…

그가 웃으면서 자신을 괴롭힌다면, 민호 역시 같은 방법 으로 처리할 수 있었다.

그래서 시작한 일.

강태학 대리에게 다가가 아주 조용한 목소리로 말했 다.

"강 대리."

"네?"

"글로벌 마트 팜유 대체품 어떻게 되었습니까?"

"아, 참. 그거 말씀드리려고 했는데요. 워낙 바쁘셔서… 유채유가 괜찮아 보입니다. 제주도 원산으로 할 수 있고요, 가격도 나쁘지 않습니다."

"유채유 말고, 가장 쓸모없는 기름으로 기획안 올리세 요."

"……?"

"그냥 제 말을 따르세요. 대신 유채유 기획안은 다음주에 주시고요."

"네, 알겠습니다."

민호는 그다음으로 아영을 불렀다.

"저번에 베스트 가발에서 나온 하자품. 재활용해서 중국으로 넘긴다고 했죠?"

"네, 과장님."

"그거 미국으로 바꾸고 해외 영업 1팀에게 배정하려고 하니까, 제대로 기획안 짜서 저에게 넘겨주세요."

"네? 네, 네. 알겠습니다."

민호는 이어서 송연아에게는 자체개발 라면에 대한 조사 기획안을, 그리고 조정환에게는 자재 팀에서 넘어온 물량 소화 기획안을 요구했다.

모두 사실과 다른 것들.

그래도 순식간에 그의 자리에 그 모든 기획안이 놓여 있었다.

민호는 한 번에 쓱 살피고 사인해서 자리에 놓았다.

거기에다가 민호 자체 기획안을 한 30개 정도 끼워 넣었다.

아이디어가 샘솟는 머리인데, 지금까지 기록한 게 꽤 많았다.

그중 가장 쓸모없는 것들로 버리는 셈 치고 프린트로 뽑으니, 벌써 퇴근 시간이 가까워져 왔다.

지금 그가 모은 자료들. 어차피 노출된 것들이지만, 수정까지 가해서 노출되면 적에게 더 혼란을 줄 기획안들이었다.

그것을 가지고 바로 본부장 자리로 향했다.

무려 서른다섯 개의 기획안.

아까 박상민 사장이 굳이 중간 과정을 거칠 필요가 없다고 말했는데, 일부러 장규호의 앞에 그 서류들을 갖다 주었다.

기획안 자체의 서류는 각각 20여 페이지 정도 된다.

그걸 보는 장규호가 눈썹 끝을 올렸다.

"응?"

"저번에 대표님의 말씀 깊이 새겨들었습니다. 절차를 어긴다는 건… 절대 안 되죠. 이제야 깨달았습니다. 그때는 정말 죄송했고, 지금부터는 반드시 위에 보고하고 절차 밟아서 진행하겠습니다. 그러니 이것 좀 결재 부탁드립니다."

"……."

"꽤 급한 겁니다. 오늘까지 해야 하는 건데… 겨우 지금 완성이 되었습니다."

90도로 허리를 꺾는 민호의 자세는 예의가 배어있는 것처럼 보였다.

그 모습을 보는 장규호.

얼굴에 미소가 슬슬 걷히고 있었다.

이건 결재의 문제가 아니다.

기획 자체를 파악해야 하는데, 회사에 온 지 일주일밖에
안 된 임시 본부장이다.

뭐가 뭔지 어떻게 알겠는가?

그날 장규호는 밤을 새웠다는 소문이 돌았다.

HOLIC : 그의 직장 성공기

129회. 증거확보

장규호에게 많은 자료를 넘긴 이유가 하나 더 있었다.

그것으로 증거를 확보할 생각이다.

분명히 떡밥을 던지면 물 것이고, 여의도 찌라시 공장이든, JJ 사모펀드든 간에, 전달하는 장면을 포착해서 빼도 박도 못하는 증거를 확보할 셈이었다.

민호가 새벽에 일어난 이유가 바로 그것 때문이다.

회사에는 이미 찌라시 공장을 현장에서 이끌고 있는 용팔이가 활약하고 있었다.

즉, 그가 붙인 사람이 밖에서 장규호를 감시하는 상황.

집을 나서는 민호는 오랜만에 마신 새벽공기에 큰 숨을 들이쉬었다.

하지만 곧 들이쉰 숨을 빨리 내뱉어야 했다.

전화가 울렸기 때문이다.

확인해보니 용팔이었다.

(형… 형님.)

"네. 말씀하세요."

(놓쳤습니다.)

안타까운 일이었다.

용팔이는 생각보다 더 조직적이고 신속한 그들의 움직임에 미행이 중단될 수밖에 없었다고 말했다.

"알겠습니다. 고생하셨습니다."

(죄송합니다. 형님.)

"아닙니다. 그리고… 그쪽에서 세 분… 지금 보내주십시오."

⚜

민호가 준 자료를 검토한 다음 날.

장규호는 빨개진 눈으로 억지 미소를 짓느라 죽는 줄 알았다.

하지만 어쩔 수 없었다.

안재권이 빠진 이 자리. 2주 동안 많은 것을 해야 했다.

제일 첫 번째가 민호에 대한 감시였다.

여의도 찌라시 공장에서 그에게 지시한 사항 1번이 바로 그것이었는데, 나름대로 잘하고 있다고 생각했다.

장규호는 잘 알고 있었다.

여의도 찌라시방, 그리고 그곳과 밀접한 관련이 있는 JJ 사모펀드의 궁극적인 목표를.

당연히 글로벌 그룹을 먹는 것이다.

처음에는 글로벌이 너무 허약해 보였다.

그래서 만만하게 생각한 것이 사실이다.

더구나 박상민 사장과 자신은 꽤 오래전에 맺은 인연이 있었다.

이런 이유로, 이전에 라떼를 흔들었을 때는 꽤 어려웠었는데, 지금은 글로벌의 규모 자체가 작다 보니 의문이 간 게 사실이다.

솔직히 자신을 투입하는 모험까지 할 필요가 있을지 말이다.

그런데…

민호를 며칠 보았더니 확실히 알았다.

그가 글로벌 전력의 절반 정도는 책임지고 있다는 것을.

글로벌이 계열 분리하기 전에 안재현도 민호에게 수차례 당했다고 들었다.

그럴만했다. 특히, 어젯밤 새우면서 본 기획안들은 매우 놀라운 것들만 있었다.

그 모든 걸 카피하느라 죽는 줄 알았지만, 성과는 확실했
다.

일이 잘되면 글로벌 자체의 최고경영자 자리에 자신이
앉게 되니 하룻밤 새우는 것쯤은 크게 문제는 되지 않았
다.

물론 어제와 같은 폭풍 기획안의 양만 없다면 말이다.

턱!

"이거… 기획안입니다."

"……?"

눈을 크게 뜨며 장규호는 민호를 바라보았다.

어제 서른 개가 넘는 기획안을 검토했는데, 또 기획안이
라니?

"이것도 급한 것들이니까, 오늘까지 부탁드립니다."

"오… 오늘까지?"

"네, 내일 아침 바로 사장님께 가야 할 걸요? 그럼 고생
하십시오."

90도로 허리를 꺾으면서 인사하는 민호.

그 허리를 180도로 꺾고 싶음 마음이 불끈 솟아올랐지
만, 표정 관리를 해야 했다.

"그… 그래. 고생해. 하하하."

뒤돌아서는 민호는 속으로 웃음을 참았다.

아마 저 기획안 뭉텅이를 검토하느라 또 하루를 소비할
게 분명했다.

그동안 자신에 대한 감시는 소홀해질 것이다.

그리고 회사에서 무슨 일이 일어날지에 대해서도.

성큼, 성큼, 성큼.

자신감 있는 걸음으로 사무실을 나와 그가 이동한 곳은 엘리베이터였다.

바로 엘리베이터의 B1을 눌렀다.

잠시 후에 문이 열리자, 민호의 앞에 나타난 사나이 둘과 한 명의 여자.

그들은 정장을 입고 있었는데, 영 어색하게 안 맞아 보였다.

그럴 수밖에 없었다.

한 남자는 덩치가 너무 컸고, 다른 한 남자는 코에 피어싱은 뺐다지만, 머리를 밀었다.

마지막으로 눈, 코, 입이 작은 여인은 귀여운 외모로 민호만 보고 웃고 있었다.

이들이 바로 찌라시 공장의 중추적인 인물들이었다.

그리고 이들을 민호가 글로벌 본사에 새벽에 불러들였다.

물론 잠시 장규호가 옷을 갈아입으러 회사를 나간 것을 보고 나서 재빨리 실행한 일들이다.

이들의 외모가 워낙 튀어서 사람들의 이목을 끌 수밖에 없어서 실행한 일들이다.

지하 1층도 그들을 잠시 숨기려는 방법의 일환.

"여기가 사무실입니다. 지하 창고 옆이라서 정말 죄송한데…."

"어머, 딱 우리한테 좋은데요. 워낙 지하에만 있어서, 저 위에는…."

홍일점 강성희는 민호가 무슨 말을 해도 다 좋다고 했다.

지금도 손가락을 위로 가리키며 하던 말을 계속 이었다.

"왠지 모르게 부담스러워요. 오라버니가 자주 이곳을 찾아와주시면 더 금상첨화인데."

"헐… 또 영계심리 발동이다."

"죽을래?"

대머리 사내가 강성희를 놀리자 그녀는 바로 인상을 썼다.

그 사내의 이름은 임동균, 나머지 덩치 큰 사내는 권순빈이다.

그들은 각각 '촉새'와 '쉴더'라는 별명도 지니고 있었다.

민호는 그들의 별명을 먼저 들었는데, 나중에 번듯한 이름을 지니고 있어서 약간 놀랐다.

아무튼, 가만히 있으면 계속 티격태격하는 그들이다.

민호는 재빨리 할 말을 전달했다.

"일단 말씀하신 컴퓨터는 다 옮겨 놓았습니다. 그 이외에 또 다른 필요한 물건이 있다면 말씀하십시오. 구입해 놓을 테니까…."

"네, 형님."

"네, 오라버니."

"네, 대장."

정말 제각각인 사람들이었다.

잠시 회사에 리서치 센터를 만든 게 잘한 일인지 곰곰이 생각하는 민호.

그래도 후회는 없다.

지금 시작은 미약하나 나중에 결과는 창대하리라!

민호는 그렇게 생각했다.

"야, 영계! 오라버니는 개뿔! 네 나이가 몇 살인데?"

"그러는 넌? 대장이 뭐니, 대장이? 완전 촌스러워!"

"얘들아, 시끄럽다! 닥쳐줄래?"

물론 그들이 또 티격태격 싸우자, 그의 머리는 또 복잡해지기 시작했다.

하지만 실력은 확실한 것 같았다.

그렇게 떠들면서 앉은 컴퓨터 앞에서 강성희가 먼저 소리쳤다.

"오오, 컴퓨터 좋네요. 그럼 지금부터 일하기 시작할게요. 인트라넷부터 접속!"

"비밀번호를 안 알려드렸는데…."

"그게 무슨 필요가 있어요. 아… 근데 글로벌의 보안이 너무 취약하네요."

그녀의 다시 나오는 재잘재잘 소리. 외부 공격이 어쩌고 저쩌고 말하면서.

이번에는 싸우지 않고 다른 두 명도 동의하고 나섰다.

"지금까지 공격 안 당한 게 용하네."

"아냐, 몇 차례 공격한 거 같은데? 다행히 이쪽 프로그래머가 몇 번 막았어. 밤새웠겠는데?"

그런 일이 있었단 말인가?

어쩌면 최근 일일지도 모른다고 민호는 생각했다.

얼마 전에 프로그래머가 힘들어한다는 말을 구인기 과장에게 들었다.

오늘 찌라시 공장의 핵심 3인방을 데리고 오길 잘했다고 여긴 민호.

"그럼 CCTV 좀 살펴 봐 주세요."

"걱정 붙들어 매삼! 오라버니."

유쾌한 대답.

민호의 얼굴에 웃음이 매달렸다.

그러다가 다시 진지한 표정으로 돌아가며 엘리베이터를 향했다.

이제 벼르고 벼른 남은 일을 처리해야 했다.

그것을 하기 위해서 그는 엘리베이터를 타고 사장실로 올라갔다.

– 똑똑똑.

"들어 와."

이미 민호는 박상민 사장에게 찾아뵙는다고 말했다.

그래서 문을 열고 들어가니, 박 사장의 기대하는 얼굴이 자신을 기다리고 있는 게 눈에 보였다.

"내일부터 정상 출근할 겁니다. 그리고…."

"……."

"정말 죄송한 부탁이지만, 제가 센터장을 했으면 좋겠습니다."

민호가 조심스럽게 부탁하는 이유.

기업의 수장은 위와 아래가 분명하다.

비록 새로 만든 리서치 센터가 소규모이기는 하지만, 최소한 부장과 차장 이상이 팀을 맡을 수 있다.

"어차피 그렇게 생각했어. 너 아니면 누가 맡겠니?"

"감사합니다."

자신을 이렇게까지 배려해준다는 점.

민호는 고마운 마음이 생길 수밖에 없었다.

그러나 박상민 사장의 입장에서는 민호 이외에 적당한 인물이 생각나지 않았다.

보안이 생명인 리서치 센터의 특성상 가장 믿을만하면서도 가장 머리가 잘 돌아가는 인물은 민호밖에 없었기 때문에.

그런데 이게 끝이 아니었기에, 박상민 사장의 얼굴에 미소가 가득했다.

"지금은 센터장이지만, 다음 인사 때에는… 소장이다."

"……!?"

박 사장은 드디어 민호의 얼굴에 놀라움이 가득 새겨져 있는 걸 보고 만족했다.

늘 자신이 그에게 그 표정을 지었다.

이번에는 반대로 민호에게 놀란 표정을 이끌어 내는 데 성공했으니 박 사장의 얼굴에 웃음이 열렸다.

"네 말을 듣고 생각해 보았지. 마케팅 팀과 전략기획실. 걔들이 잘 해주고는 있어. 하지만 늘 드러나 있다는 게 문제야. 우리 회사가 보안에 아주 철저한 곳도 아니고… 그래서 차라리 더블에스 그룹처럼 경제연구소를 만들 생각이야. 나름대로 계열사가 되는 것이지."

계속된 박 사장의 선언과도 같은 계획에 민호의 눈은 점점 커져만 갔다.

그러다가 고개를 푹 숙였다.

"맡겨주십시오. 하고 싶습니다."

"당연히 너 이외에는 할 사람이 없어. 그 생각하고 있는 거니까… 이번에 따로… 음… 먼저 글로벌 푸드부터 자회사 하나 만들고 나서 내가 임원들을 설득할 거야."

마지막으로 그는 부드럽게 이야기를 끝내고자 했다.

민호의 엄청난 놀라움을 이끌어내며 잔잔하게 마무리했던 박 사장.

헌데 민호는 금세 진지한 표정으로 그를 놀라게 할 준비를 했다.

"드릴 말씀이 있습니다."

방금 민호가 지었던 표정 이상으로 변해가는 박 사장 얼굴의 종지부.

"장규호 대표를 해임해 주십시오."

"……!"

민호가 괜히 이런 말을 하는 사람이 아니라는 걸 잘 알고 있는 박상민 사장이다.

하지만 뜬금없어도 너무 뜬금이 없었다.

인선하는 과정에서 자신이 개입했다.

예전에 인연이 있었기 때문이다.

당시 그가 운영하는 식품회사의 물건을 좋은 가격으로 해외시장에 물꼬를 터주며 안면을 텄다.

이번에 글로벌 푸드에서 자리가 났다고 했을 때, 가장 먼저 생각한 사람도 바로 장규호였다.

"설…명을 해다오."

당연히 납득해야 하는 과정이 필요했고, 그는 그것을 민호에게 요구했다.

기다렸다는 듯이 눈빛을 바짝 곤추세운 민호.

그의 입에서 여러 가지 말들이 쏟아져나오기 시작했다.

JJ 사모펀드의 이야기.

그들이 현재 한국 기업을 사냥하고 다니고 있다는 대목은 제법 충분한 근거를 가지고 있었다.

지난번 라떼 그룹을 흔들었던 이유도 민호의 입에서 밝혀졌다.

"홈 마트를 인수하기 위해서입니다."

홈 마트를 인수하기 위해서 경쟁사를 흔들었다는 게, 말이 안 될 수도 있지만, 당시에 라떼 그룹은 홈 마트까지 인수하고 업계 1위로 도약할 꿈을 가지고 있었다.

견제 후 치고 빠지기. 그 후에 현재 홈 마트와의 협상.

거기에다가 민호의 개연성 있는 보고는 논리가 정연했다.

그 모든 이야기를 다 듣고 박상민 사장의 눈빛이 흔들리지 않을 수 없었다.

"그… 그게 사실이냐?"

"안타깝게도 현재까지 증거는 없습니다. 어제 사실 여러 가지 급조한 기획안을 그에게 주고 함정을 팠는데…."

"……."

"너무 치밀해서 증거를 찾을 수 없었습니다."

민호의 말은 사실이었다.

그를 감시하기 위해서 최선을 다했지만, 증거를 발견하기는 쉽지가 않았다.

새벽에 장규호를 놓친 것이 아까웠다.

그러나 곧 CCTV를 밑에서 살피고 있으니…

– 음, 오, 아, 에.

그때 울리는 전화벨.

민호가 받았을 때, 강성희의 미안한듯한 목소리가 들려왔다.

(오라버니, 이를 어쩐대요? 죄송한데… CCTV 오늘 새벽 장면이 삭제되었어요.)

홀릭

HOLIC : 그의 직장 성공기

130회. 해커

강성희, 임동균, 권순빈.

민호가 찌라시 공장에서 데리고 온 이 세 명은 속칭 컴퓨터 도사들이었다.

그렇다면 이들이 CCTV를 못 지킨 것일까?

그것보다 그 이전에 외부 침입에 의해 삭제되었다고 보고한 강성희.

더 정확히는 새벽 장면뿐만 아니라, CCTV 녹화분이 저장된 서버 자체가 손상되었다고 설명했다.

(바이러스가 침투해서 서버가 완전히 날아갔네요. 심지어 꽂아 놓았던 USB 안까지 침투했어요. 그건 아무나 할 수 있는 게 아닌데… 그나마 인트라넷과 CCTV가 다른 서

버를 사용해서 다행이었네요.)

그녀의 목소리를 듣고 민호는 속으로 '젠장'만 열 번 정도 외친 것 같았다.

하지만 그녀에게 화를 낼 수는 없었다.

다시 마음을 가다듬고 물었다.

"복구는 할 수 있나요?"

(해 봐야 하는데… 스켈레톤 프로그램까지 깔아 놔서….)

민호는 스켈레톤 프로그램이 무엇인지 모른다.

다만 확실히 느꼈다.

그녀의 목소리에서 복구하기는 쉽지가 않다는 뉘앙스를.

이렇게 되면 장규호를 옭아매려고 했던 계획은 물거품으로 되어 모두 사라진다.

그를 함정에 빠트리기 위해서, 어젯밤 민호는 사무실 복사기의 매수까지 확인해서 기억했는데…

그의 기억력이라면 숫자를 외우는 것은 일도 아니었으니까.

그리고 오늘 출근해서 엄청나게 늘어난 매수를 보고 그는 거의 확신했다.

장규호 대표가 대량으로 무언가를 복사해 갔다는 것을.

새벽에 파놓은 함정 하나는 피해갔더라도, 카메라는 절대 피할 수 없었다.

그래서 CCTV를 확보하는 게 중요하다고 생각했는데, 이제 박상민 사장의 면전에서 얼굴만 붉히는 일이 남았다.

어쩔 수 없이 변명 아닌 변명을 하게 된 민호.

"…CCTV의 오늘 새벽 장면이 삭제되었습니다."

"……."

"죄송합니다."

민호는 살짝 입술을 깨물었다.

사실 서두른 감이 없지 않아 있었다.

재권이 오기 전, 정확히는 다음 주에 모든 세팅이 된 글로벌 푸드의 대표 자리에 장규호가 앉기 전에 해결하고 싶었다.

오늘이 벌써 화요일.

이제 며칠 남지 않은 상황인데, 서두르지 않을 수 없었다.

하지만 이렇게 되고 보니 그건 스스로에게 하는 변명 이상도 이하도 아니었다.

하루 이틀이면 더 결정적인 증거를 확보할 수도 있었는데, 오히려 박상민 사장에게 큰소리만 친 꼴이 되어버렸다.

이렇게 되면, 이야기를 들려준 상대에게 불신을 안긴다.

그런데 민호도 예측하지 못한 게 있었다.

"아니…, 네 말이 맞는 거 같아."

"……?"

그건 바로 자신에 대한 박상민 사장의 신뢰였다.

놀라서 바라보는 민호를 향해 박 사장은 계속해서 말을 이었다.

"작년 내내 네가 했던 일…, 그게 담보야. 네 말을 믿는다."

"사장님…."

"대신 바로 해임은 힘들어. 아무리 그래도 바로 임원들을 설득하는 건… 쉽지 않아. 증거를 확보해라. 증거를… 최대한 빨리."

끄덕끄덕끄덕.

민호의 머리가 아래위로 세차게 흔들렸다.

자신을 믿어주기만 한다면, 증거확보는 시간문제였다.

그때.

- 삐이익.

바로 밖 비서실의 내선 신호음.

박 사장이 버튼을 누르자 비서의 목소리가 들렸다.

(장규호 대표가 왔습니다.)

"……!"

"……!"

어려웠다. 그가 온 이유를 짐작하는 게.

민호도 그랬지만, 박 사장도 마찬가지라는 게 눈빛에서 드러났다.

그러나 계속 그렇게 있을 수만은 없는 법.

"그럼 전 일단 일어나겠습니다."

민호가 일어나고, 박상민 사장은 밖에서 기다리는 장규호를 들어오게 했다.

그런데 장규호는 들어오자마자 민호를 보고 전혀 놀라지도 않은 표정으로 이렇게 말했다.

"이야… 우리 회사의 핵심 전력이 여기에 있었구만."

"오셨습니까, 대표님."

"그래, 그래. 뭘 아침에 봤는데, 또 인사야. 아, 사장님… 어차피 같이 있는 데서 말씀드리는 게 좋겠네요."

나가려던 민호의 주의를 끄는 그의 이야기.

같이 있는 데서 말하는 게 좋다는 것은 무슨 뜻일까?

해답은 바로 나왔다.

"죄송합니다만…, 제가 소임을 다 하지 못할 거 같습니다. 여기… 사직서입니다."

이건 또 웬 날벼락인가.

박상민 사장은 아무 말도 못 하고 그를 바라보았다.

그건 민호 역시 마찬가지.

하지만 곧바로 장규호의 속셈을 알았다.

위험하다는 신호를 감지한 곳에서 발을 빼려고 한다는 것을.

사실은 그의 속셈이라기보다는 그에게 지시하는 누군가의 속셈을 짐작했다.

그리고 잠시 후.

그가 나갔을 때, 박 사장과 민호는 각각 새로운 고민에 휩싸여야 했다.

다음 주 글로벌 푸드의 시작을 같이 할 대표에 대한 인선이 가장 먼저였다.

결정할 시간은 빠르면 빠를수록 좋았고, 박 사장은 민호에게 생각한 사람의 이름을 말했다.

송현우 이사였다.

민호는 고개를 끄덕이며 동의를 표시했다.

현재로서는 식품을 잘 아는 외부 사람보다 회사를 잘 아는 내부 사람이 훨씬 나았다.

그날 여러 가지 일이 있었다.

뭔가 급하게 돌아가는 날이라는 게 증명될 정도로, 인트라 넷에 많은 일이 공지되어 있었다.

첫째, 다음 주 출범하는 글로벌 푸드의 대표가 송현우 이사로 바뀌었다. 이유는 정확히 알 수 없지만, 대표로 인선한 장규호의 개인적인 사정으로 바뀐다고 간략하게 쓰여 있었다.

둘째, 회사 내에 리서치 센터가 생겼다. 시장 조사를 담당한다고 했는데, 마케팅 팀에서 불안해하고 있다는 이야기가 들려왔다.

마지막으로 그 리서치 센터의 센터장이 민호였다. 상대적으로 글로벌 푸드 대표 교체가 가장 큰 소식이었기에, 묻힌 감이 없진 않았지만, 지난 1년간 가장 승진 많이 한 사람이 또 승진과 다름없는 인사 배치라서 모두 입을 모아 대단하다는 말을 연발했다.

특히, 유통본부에서 말이 많이 나왔다.

여사원들의 반응이 가장 빨랐다.

특히, 아영과 송연아는 매우 아쉬워하는 눈빛으로 이렇게 묻고 표현했다.

"이제 떠나시는 거예요?"

"그냥 여기에 쭉 계실 줄 알았는데⋯."

민호는 그들의 반응에 살짝 미소 지었다.

그리고 고개를 저으면서 대답했다.

"당분간 겸직입니다. 물론 그쪽으로 출근할 수도 있고, 이쪽으로 출근할 수도 있어요."

실제로 민호는 다음 날은 지하로 출근했다.

리서치 센터에서 근무하는 삼인방은 그가 사무실에 들어오자마자 모두 일어섰다.

"아아, 편하게 해요, 편하게."

민호가 그들에게 손을 휘저으며 말했다.

그걸 보고 덩치 큰 사내 권순빈이 안 된다는 듯이 중얼거렸다.

"그래도⋯."

"그럼 대장이라고 부르지 말고 센터장이라고 부르실 건가요?"

"아뇨. 한 번 대장은 영원한 대장입니다."

"그러니까요. 부르시고 싶은 대로 부르시면서 뭘 다른 부분은 예의를 따지려고 하시나요?"

"그거와 이건 살짝 다른 거 같은데⋯."

거한 권순빈은 덩치답지 않게 약간 뒤끝을 흐리면서 말했다.

그걸 보면서 옆에 있던 강성희가 혀를 찼다.

"오라버니, 그냥 얘랑 말 안 섞는 게 맘 편할 거예요. 쟤는 언제나 쉴드 치거든요."

"그래서 별명이 쉴덥니다, 쉴더!"

강성희에 이어 민둥산 머리 임동균이 같이 비난했다.

"무슨 내가 쉴드를 친다고…."

다시 시끄러워지는 분위기다.

뭔가 이곳은 규칙이 존재하지 않는 자유공간 같았다.

이럴 때에는 재빨리 매듭을 지어 주어야 하는 게 민호의 역할.

"어제 CCTV 삭제 건은 밝혀진 게 없나요?"

"네? 네…."

"늦게 해킹을 발견했습니다."

"그게 중국이 아닌 필리핀을 경유해 오더라고요. 어쩔 수 없었습니다."

역시 마지막은 쉴더, 권순빈이 장식했다.

하지만 그는 사람을 잘 못 골랐다.

민호는 살짝 눈살을 찌푸리면서 약간 냉정한 목소리를 냈다.

"이제 여러분들은 글로벌 소속입니다. 남의 일 말하듯이 그렇게 말하지 마세요. 월급도 여기서 나올 거고… 무엇보다도… 최고는 핑계 대지 않습니다."

"……."

"그럼 부탁합니다. 지금부터 '누가' 해킹했는지를 찾는 작업에 매진해주세요."

"네, 알겠습니다."

민호는 그 대답에 확신이 들어있지 않았다는 걸 느꼈다.

상관없었다. 진짜 범인을 알아내는 것은 중요하지만, 그에 앞서 정보를 지키는 게 더 중요하다.

경각심을 가지고 일하라는 말에 알아서 잘 지켜주리라 생각했다.

또한, 자신이 업무를 보기 이전에 그들의 입을 닫아놓을 필요가 있었다.

여기서 말하는 업무란 인도네시아 측에 보낸 할랄 인증 결과물.

민호는 인트라넷에 접속해서 이메일을 확인하려고 했다.

그때 컴퓨터가 까매졌다.

"이게 뭐죠?"

깜짝 놀란 민호가 그렇게 외치며 옆을 바라보자, 나머지 세 명의 키보드가 움직이기 시작했다.

아무리 민호가 머리가 좋다 할지라도 전문적으로 컴퓨터를 배우지 않아, 그들이 하는 작업에 대해서는 하나도 알지 못했다.

그저 어디서 해킹이 들어왔고, 그들이 열심히 막고 있다고만 추측할 뿐이었다.

심지어 그들은 땀까지 흘렸다.

아직 에어컨도 구비하지 못한 사무실.

빨리 완벽한 환경을 만들어 주어야겠다고 생각하면서 민호는 그들을 속으로 응원했다.

잠시 후 어느 정도 막아낸 것일까?

강성희의 입술이 열렸다.

"오라버니, 보안등급 걸린 것은 뚫리지 않았어요. 나머지는 저쪽에서 긁어갔으니까…"

"알겠습니다."

그녀의 말을 끝까지 들을 필요도 없었다.

대체적으로 보안 등급이 걸려 있지 않은 부분은 사원들의 정보.

필요 없는 정보는 아니지만, 개인의 신상 또한 지켜야 할 것이다.

그 부분에 대한 처리를 말하는 것이리라.

"그럼 지금 인트라넷을 사용할 수 있습니까?"

"조금만 기다려 주세요. 바로 막을 수는 있는데, 위치 추적하고 있거든요."

모처럼 진지한 표정의 강성희를 보며, 상대의 해킹 공격이 만만치 않다는 것을 느꼈다.

민호는 자리에서 일어났다.

뭐라도 해야만 할 것 같다는 생각에 창고를 뒤졌다.

창고 끝에서 드디어 선풍기를 찾아가지고 왔다.

일단은 시원한 바람이 그들에게 필요하다는 것을 느낀 것이다.

"고마워요, 오라버니."

강성희는 곧바로 그에게 감사를 표현했다.

얼굴에 웃음을 가득 매달고서 말이다.

그러다가 심각한 표정을 짓는 그녀.

다시 키보드를 열심히 두들기자, 민호가 할 건 정말 없어졌다.

어쩔 수 없이 컴퓨터 화면을 보았는데, 신기한 폴더 하나가 있었다.

폴더명이 〈신상 털기〉였다.

이름만 봐도 그것을 클릭하지 않을 수가 없었다.

딸깍, 딸깍. 더블클릭이 들어가고…

민호의 눈이 동그래졌다.

폴더 내에 파일 이름이 있었는데, 자신을 포함해서 많은 흥미로운 주변인의 이름이 유혹하고 있었다.

가장 궁금한 것은 당연히 〈김민호〉였다.

그것을 열어보자 얼굴이 화끈거렸다.

어떻게 알아냈는지 초등학교 성적표까지 나와 있었다.

조금 전까지 옆에 있는 이들이 고생했다고 생각했는데, 그 마음이 싹 달아났다.

어떻게 이렇게 속속들이 자신의 신상을 캐고 다녔는지 모르겠다.

안 보면 기분이 나쁘지 않았지만, 보니까 살짝 열이 오르는 현상.

이걸 보고 모르는 게 약이라고 하나보다.

쭉 내려가 보니 유미도 있었고, 재권 또한 있었다.

나중에 반드시 이 모든 걸 삭제하라고 지시해야겠다.

그 다짐을 하며 폴더를 덮으려고 하는데, 이름 하나가 신경 쓰였다.

예전부터 궁금했던 〈송초화〉 파일.

자신을 강렬하게 유혹하고 있었다.

왜 그녀가 자신을 남자로 생각하지 않는지가 너무나 궁금했기에.

하지만 곧바로 마음속에서 고개를 흔드는 민호.

차라리 모르고 말지 남의 신상을 보는 것은 나중에라도 죄책감에 시달릴 것 같았다.

그런데 〈이종섭〉이라는 파일은 왜 그런 죄책감을 주지 않을까?

종섭에게는 안타깝게도 민호의 마우스 포인터가 그의 파일 위에 멈추어졌다.

그리고 파일이 열렸을 때!

민호의 입이 벌어졌다.

이름 : 이종섭

학력 : 한국 대학교 경영학과…

(중략)

특이사항 : 1월에 강한 남성 병원에서 확대 수술…

홀릭
HOLIC : 그의 직장 성공기

131회. 민호가 손에 쥔 약점들

실체가 없는 적이랑 싸우는 것은 매우 피곤한 일이다.

사실 당하거나 막기만 해야 한다는 그 상황이 짜증 났다.

방어하느니 차라리 공격을 선택하는 민호의 성격과 지금의 상황이 맞지 않았던 것이다.

한 편, 지금 그의 눈에 보이는 세 명의 찌라시 특파원들!

컴퓨터만 잘 다루는 게 아니라, 여러 방면에 다재다능하다고 용팔이가 알려주었다.

그래서 천천히 봐야 할 사람들이었다.

다만 어떻게 다루어야 할지 고민에 고민을 거듭할 수밖에 없었다.

그들은 창의적이며 자유로운 집단에 소속되어 있었던 이들.

괜히 '금지'만 더덕더덕 강조해 놓는다면, 부작용만 초래할 것 같았다.

이 때문에, 이들에게 출퇴근 시간의 자유까지 보장해 준 것 아니겠는가.

답답한 시간이 지나가고 곧이어 강성희가 크게 웃으며 민호의 상념을 일깨웠다.

그나마 한 가지 해결된 점이 있다면, 할랄 인증을 성공적으로 받았다는 점.

인트라넷이 연결되고, 이메일을 확인했을 때, 인도네시아 측에서 온 인증서가 첨부되어 있었다.

얼굴이 굳어졌다가 다시 펴진 이유는 바로 그것 때문이다.

이렇게 되자 다시 차분히 생각해 보았다.

박상민 사장은 자신에게 리서치 센터의 인적 구성에 대한 권한을 무한으로 부여했다.

즉, 외부 내부 가리지 말고 인재라고 생각한 사람들을 조직해서, 마음껏 판을 깔아보라는 뜻이었다.

이것을 실행하기 위해서 그는 자리에서 일어났다.

"일단 전 올라가 보겠습니다. 계속 고생해주십시오."

"네, 오라버니."

"다녀오십시오, 형님."

"고생하십시오, 대장."

자신을 부르는 호칭도 저렇게 다양하다.

아무래도 이들의 개성을 존중한 상태에서 조직을 구성해야 한다고 다시 한 번 생각하는 민호였다.

엘리베이터 안에서 처음에 6층을 눌렀다가, 취소하고 인사팀이 있는 층을 누른 것도 이런 일환 때문이다.

빠르면 상반기에 탄생할 경제연구소에 걸맞은 사람들로 구성하기 위해서 찌라시 공장과 연결점인 저들도 중요하지만, 다른 고급 인력도 필요했다.

그래서 민호는 인사팀에 들러 다른 때와는 달리 당당하게 사람들의 프로필을 요구했다.

박상민 사장이 절대 협조하라는 말이 있었기에, 차원목 대리가 순순히 자료를 넘겨주었다.

어차피 협조하지 말라는 말과는 상관없이 민호에게는 약점이 잡혀있었다.

요즘 화장실에 가서 늘 큰일을 보는 누군가가 있는지 꼭 확인하는 습관이 들게 한 악마!

그 악마가 지금 사악, 사악, 사악… 매우 빠르게 자료를 넘기고 있었다.

숫제 훑어보는 건 아닌가 생각될 정도였다.

"그렇게 빨리 보십니까?"

"네, 저는 이렇게 봅니다."

"그렇게 봐서는 상세히 파악하시기 힘들 텐데요…."

고개를 갸우뚱거리는 차원목.

하지만 민호는 그 말에 반응도 하지 않았다.

머릿속에 사람들의 인적사항 전부를 입력시키느라 눈은 자료에 꽂혀있었고 귀는 잠시 막는 중이었다.

당연히 대답할 겨를이 없지 않은가.

그런데 조금 있다가 마음에 들지 않는다는 표정을 지었다.

사실 마음에 드는 사람이 없다고 표현하는 게 더 정확했다.

오히려 강태학과 이정근이 뛰어나 보였다.

사실 그럴 수밖에 없었다.

최근 인사 정책에서 최우선으로 유통본부에 배치하라고 박 사장이 전달했기에, 가장 뛰어난 인재들을 그쪽에 넣었다.

다만 다른 측면 말고 업무 능력과 잠재력 기준이다.

인간관계 능력을 전혀 고려하지 않은 인재 평가 기록부를 보고, 민호는 이렇게 말했다.

"인재 평가 기록부가 좀 잘 못 된 거 같습니다."

"네?"

"머리만 좋고, 일만 잘하면 뭐합니까? 사람과의 관계도 좀 생각해야 할 거 아닙니까? 도대체 인사팀 하는 일이 맘에 들어본 적이 없습니다. 에잉. 쯧쯧쯧."

"……"

그렇게 말하고 뒤돌아서는 민호를 향해 차원목 대리는 어이없다는 눈빛을 보였다.

저렇게 말하는 본인에 대해서 파악하라고 말하고 싶은 것을 꾹 눌렀다.

상대의 마음은 모른 채, 유통본부로 돌아간 민호는 가만히 사무실 사람들을 탐색해 보았다.

일단 조직 구성에서 여자들은 최대한 배제할 생각이다.

그는 남녀 차별론자가 아니다.

다만 특수한 능력으로 인해서, 여자들의 시선이 귀찮고 신경 쓰이기만 했다.

이번에 구성할 조직은 그렇게 신경 쓰이는 부분을 모두 배제하리라 다짐했다.

또한, 과장을 포함해서 그 윗선도 배제했다.

그들의 나이는 둘째 치고, 경력이 많아서 경직된 사고를 고치는 데 시간이 걸렸다.

마지막으로 조정환, 송연아, 박영준 역시 제외다.

이유는 낙하산이기 때문에. 낙하산은 그냥 싫었다.

이것저것 제외하고 자신의 구미에 맞는 대리급 이하에서 사람을 찾는 민호 눈에 한 사람이 들어왔다.

바로 강태학이다.

인간관계 능력이 별로였지만, 어차피 지하에 있는 셋도 이상하긴 마찬가지.

그를 잠시 불러서 의향을 물어보았다.

"음…."

강태학은 침음성을 내며 자신을 바라보았다.

얼굴에는 탐탁지 않다는 표정을 짓고 있었다.

표정으로 알 수 없는 사람이었기에, 그의 속을 짐작하지 못하던 민호에게 그가 조건을 내세웠다.

"저 녀석도 같이 데리고 가고 싶습니다."

민호는 강태학의 시선을 따라 한곳에 머물렀다.

싸가지 유망주, 이정근이었다.

"이유는요?"

"싸가지 좀 없다 뿐이지, 업무 잠재력이 상당합니다."

그건 민호도 동의했다.

다만 강태학도 이정근도 너무 싸가지가 없다는 게 약간 고민이 되었다.

짧은 고민의 순간 민호는 바로 오케이 사인을 내렸다.

생각이 끝나면 바로 행동하는 게 민호의 습성.

"이정근 씨!"

"네?"

이제 호칭을 붙이라는 말을 하기도 지겨웠다.

살짝 얼굴을 굳히며 리서치 센터로 배정될 것이라고 말하자 그의 표정이 갑자기 일그러졌다.

"원래 아무나 데리고 갈 생각은 없었습니다. 강태학 대리가 꼭 데리고 가야겠다고 해서 넣어주는 겁니다."

"……."

민호의 말이 끝나자 이정근이 곧바로 강태학을 잡아먹을 듯이 노려보았다.

그들끼리 해결해야 할 문제라고 생각한 민호는 이제 한 명 정도 더 데리고 가기로 생각했다.

그때 보이는 얼굴, 송초화.

왠지 모르게 그녀를 데리고 가고 싶었다.

아니 사실 늘 자신을 보던 여자들의 시선에서 탈피하고 싶었다.

자신에게 관심이 없는 여자는 드물지 않은가.

평소에도 성실한 모습에 그녀.

지하에 있는 자유로운 영혼들 가운데서 반듯한 사람 하나 있는 것도 나쁘지 않아 보였다.

종섭이 허락할지 모르겠지만, 크게 문제없다고 생각한 민호.

그는 이미 자신에게 또 다른 약점을 잡혔다.

만약 반대하면, '강한 남성 의원'을 들이대려고 했는데, 요즘 그 역시 결혼 문제로 바쁜 나머지 정신이 없어 보였다.

그는 바로 민호에게 오케이 사인을 냈다.

다음날 민호의 뜻대로 리서치 센터의 조직원이 구성되었다.

센터장은 당연히 민호였고, 대리 강태학에 신입 사원이 한 무더기로 구성된 사람들.

그런데 지하로 배속되자마자 이정근은 툴툴거리기 시작했다.

"와아, 이 탁한 공기! 이거 진짜 이 회사 다녀야 하나? 강 대리님, 너무하는 거 아닙니까?"

회사에서 가장 눈치 없는 사람은 바로 이정근이라고 생각한 민호.

그나마 그의 말을 들어주는 사람이 전혀 없었다.

민호도 마찬가지다. 깨끗이 무시하면 조용해지는 게 바로 이정근의 특성이었다.

다만 민호가 유심히 그를 살폈을 때, 한 가지 이상한 점을 발견했다.

은근슬쩍 송초화를 자주 보고 있었다.

그것도 힐끗.

그렇다면…

"이정근 씨."

"네?"

"호칭 안 붙이는 건 여전하네요. 아무튼, 송초화 씨 옆으로 가세요."

마침 자리를 배정하던 중이었다.

레이디 퍼스트.

먼저 송초화의 자리를 아직 출근하지 않은 강성희의 오른쪽 자리로 배치했다.

이제 송초화의 오른쪽 옆에다가는 이정근을 나란히 앉히

자고 마음먹었다.

그의 불평을 좀 잠재우려면 송초화 옆에 앉히는 게 나을 것으로 생각했다.

바로 효과가 나타났다. 민호의 말을 듣고 고개를 끄덕이며 그는 이렇게 말했다.

"네, 과장님."

강태학은 물론 자신의 옆자리였다.

어쩌다 보니 이곳 리서치 센터에 하도 이상한 사람들이 많아진 느낌이라, 강태학이 정상 같아 보였다.

그래서 강태학을 보며 미소를 짓는 민호.

그런 자신을 보며 강태학이 움찔하는 게 보였다.

그는 잠시 민호에게 할 이야기가 있다면서 밖으로 나가자고 부탁했다.

나가자마자 하는 말.

"저 요즘은… 안 봅니다."

"네?"

"정말입니다. 요즘은 진짜 안 봅니다."

"아…."

무슨 이야기를 하나 했더니, 지난번 보던 살 색의 동영상에 관한 것이었다.

아까 그를 보며 웃었더니, 자신이 그 생각을 하는 줄 알고 있었던 듯싶었다.

"솔직히 신경이 쓰여서 야근도 못 하겠습니다. 그러니

오해는 이제… 그만해주셨으면 좋겠습니다."

'오해'라는 말은 사실이 아닐 때 쓰는 말이다.

분명 그때 자신에게 적발되었으니 그 단어를 쓰지 말아야 하건만…

"알겠습니다. 일하시겠다는데, 굳이 제가 말리지는 않겠습니다. 가끔 회식이나 잘 참석해 주십시오."

"이제는 잘 참석할 겁니다!"

조용히 보자고 하던 사람의 목소리가 왜 이렇게 커질까?

다 자격지심 때문이라고 생각한 민호는 여전히 부드러운 말투로 그에게 타일렀다.

평소에 하고 싶은 말을 이참에 하려는 것이다.

"아, 네, 네. 그리고… 아마 야근할 때 동료들이 많이 생겨서 쓸쓸하지는 않을 테니… 이따가 사람들 오면 친하게 지내고 그러세요. 유통 본부보다 숫자가 적으니 인간관계를 맺기는 딱 접합한 곳입니다."

"……!"

어젯밤을 새우고 귀가한 세 명의 찌라시 공장 인원들을 말하는 것이다.

이따가 오후에 올 건데, 갑자기 세 명의 사람들이 합류한 걸 보고 그들 역시 약간 놀랄지도 몰랐다.

그래서 민호는 이곳 사람들과 그들의 인화를 위해 노력한 것인데, 강태학의 표정이 약간 굳었다.

그 표정을 보고 민호는 추측했다.

'야근' 할 때 생기는 동료들을 그가 별로 반기지는 않는다는 것을.

어쩌면 야근할 때 확실하게 그 '무언가'를 시청할 수 있기에, 아무런 불만 없이 이 지하실로 내려온 것은 아니었을까?

그런데 밤늦게까지 있어봤자, 혼자 있기는 틀렸다고 생각하니 저 표정이 되었을 수도 있었다.

물론 민호의 잘못된 추측일지도 모르지만, 그가 내뱉는 질문을 듣고 거의 확신했다.

"그 사람들도 야근을 자주 합니까?"

그 말에 민호는 가볍게 웃으며 이렇게 말했다.

"네, 자주 밤을 새울 겁니다."

다시 한 번 더 처절하게 굳는 그의 표정을 보고 민호는 뒤돌아서서 다시 사무실로 들어갔다.

들어가자마자 어느새 커피를 빼 온 이정근이 송초화에게 건네고 있었다.

"초화 씨, 커피 한 잔 드세요."

"아, 네. 감사합니다."

싸가지 없는 그의 표정에 훈풍이 도는 걸 처음 본 민호는 간악한 웃음을 지었다.

이제 이정근의 약점을 확실히 잡았다.

어떻게 송초화를 이용해서 고분고분하게 만들지 고민만 하면 되는 상황.

그때 드디어 세 명의 찌라시 공장 인원들이 출근했다.

"저 왔어요, 오라버니."

"기체후 일양만강하셨습니까, 형님!"

"대장, 굿모닝입니다."

오후에 할 줄 알았는데, 생각보다 더 일찍 왔다.

이제 드디어 모두 모였고, 시너지 효과를 기대하는 것만 남았다.

한 데 엮어 원석을 보석으로 세공하는 게 민호의 몫.

그는 재빨리 서로 소개하기 시작했다.

문제는 소개를 다 한 후에 강성희의 반응이었다.

그녀는 몰래 민호에게 와서 이렇게 속삭였다.

"저… 자리 좀 바꿔주세요."

"……?"

민호는 도대체 뭐가 문제일까? 라고 속으로 질문했다.

혹시 강태학이 마음에 들어서 그의 옆자리로 옮겨달라고 하는 걸까? 라고도 생각했는데…

"송초화 씨 옆자리 말고 다른 곳이면 아무 데나 상관없어요. 제발요~"

강성희는 울상까지 하며 민호의 팔을 붙잡았다.

HOLIC : 그의 직장 성공기

132회. 오해

강성희의 요청에 따라 자리가 또 재배치 되었다.

송초화를 가장 끝자리로 보냈다.

그리고 그 왼쪽 자리에는 이정근이었는데, 갑자기 일을 열심히 하는 모습에 저절로 흐뭇해졌다.

심지어 글로벌 마트의 분석을 했다면서 가지고 온 보고서가 훌륭하기까지 했다.

"직접 조사한 겁니까? 나쁘지 않습니다."

"그동안 강태학 대리 따라다니면서 보고 느낀 점을 기록했는데…."

이정근은 잠시 송초화를 흘깃 보면서 말을 이었다.

"마트가 기혼 여성이 아닌 미혼 여성한테도, 그리고 데

이트까지 할 수 있는 장소라면, 더 매출이 늘어날 것 같았습니다. 1층과 4층 공간을 살리는 방향으로 기획안을 만들었습니다."

"매우 좋습니다."

민호는 대놓고 그를 칭찬했다.

그가 송초화를 의식한다는 걸 알고 있기도 했지만, 보고서 자체가 정말 훌륭했기 때문이다.

그대로 추진하라는 그 말에 더 큰 용기를 얻었는지 돌아가서 다시 무언가를 하고 있는 이정근을 보며 민호는 미소를 지었다.

다만 아직도 강성희가 자리를 바꿔달라고 한 이유에 대해서는 미지수였다.

가능한 한 송초화와 멀리 떨어지게 해달라는 까닭은 도무지 알 수가 없었다.

남자를 밝히는 여성은 여자를 싫어하는 것일까?

그렇게 머릿속에 의문을 남겨둔 그 날 오후.

민호는 송현우 이사의 부름을 받고 올라갔다.

송 이사는 자리를 내세우지 않는 겸손함으로 유명한 인물이다.

지금도 마찬가지로, 민호에게 자신의 위치를 내세우지 않고 도움을 요청했다.

"솔직히 말하지. 갑자기 글로벌 푸드의 대표가 되었어. 처음에는 기분 좋았지만, 지금은 약간 두렵네."

민호는 공감의 눈빛을 띠었다.

그가 무엇을 말하는지 잘 알고 있었다.

글로벌 그룹에 첫 번째 공식 자회사는 물론 글로벌 마트지만, 당시 합작회사로 만들어졌기 때문에, 실질적인 자회사는 글로벌 푸드였다.

많은 사람의 기대가 없을 수 있겠는가.

사람들의 눈을 보며 점점 부담스러웠던 듯, 평소에 웃는 얼굴이 사라져 버렸다.

눈도 충혈되어 있었다. 며칠 밤을 제대로 잠을 못 잔 게 분명했다.

그래서 민호는 그의 부담을 덜어주는 말부터 시작했다.

"아마 알고는 계실 텐데, 하청 업체의 라면 생산이 시작되었습니다. 유통을 거쳐서 매장에 나와야 반응을 알 수 있지만, 저는 긍정적으로 보고 있습니다."

"그런가? 아무래도 인지도가 없어서 난 걱정인데…."

"너무 걱정하지 마십시오. 광고도 하고, 가격도 내리면서 경쟁력을 점점 갖추게 될 겁니다. 그리고 결국은 맛 아닙니까? 아마 한 번 맛본 소비자들이 다시 찾을 겁니다."

사실 그의 불안감을 완전히 해결해주기는 지금으로선 어려웠다.

지금은 덜어주는 게 우선이다.

그리고 민호는 그 누구보다도 자신이 있었다.

맛에 관해서 그 어떤 감별사보다 유미의 이야기를 믿고 있었기 때문이다.

무엇보다도 민호 본인도 샘플로 나온 라면을 먹었는데, 정말 맛이 있었다.

그래도 마지막으로 그에게 더 해주고 싶은 말이 있어서, 할랄 인증 이야기를 했다.

"그 이야기는 어제 들었네. 정말 인도네시아에 라면을 수출할 생각인가."

"중국에 이어 세계 2위의 라면 소비국입니다. 라면에 관해서라면 미국보다 오히려 더 큰 시장입니다. 전 인도네시아도 평정할 수 있을 거라고 자신합니다."

민호의 자신감이 전염된 것일까?

송 이사의 충혈된 눈에도 점점 의지가 가득차기 시작했다.

방을 나오면서 민호는 박상민 사장이 자신에게 미래의 경제연구소장을 맡긴 이유를 점점 깨닫게 되었다.

축구로 치면 올라운드 플레이어.

단지 한 곳이 아니라, 모든 곳에서 두각을 나타내는 민호의 능력을 과감하게 발휘해보라는 뜻 같았다.

완전히 판을 깔아준 셈이었고, 민호 역시 새로운 길에 대한 의지가 불타올랐다.

한 가지 아직도 의문으로 남는 것은 바로 장규호 대표의 행방이었다.

일단 기댈 곳은 역시 찌라시 공장이다.

그곳에는 해킹의 발원지를 캐는 데 여념이 없는 지하 리서치 센터의 3인방 이외에 다른 재능을 가진 사람들이 있었다.

그중에 민호의 머릿속에 떠오르는 사람이 바로 며칠 전 만났던 희재라는 여자.

그녀를 만나봐야겠다고 생각한 민호는 점심을 먹고 오후에 룸살롱으로 향했다.

주차하고 나서 룸살롱에 도착했을 때, 민호는 그제야 간판을 바라보았다.

- 카페, 휴(休)

이름은 참 분위기 있었지만, 밤에는 화려할 것만 같은 기분.

또한, 밤부터 새벽까지는 휘황찬란했을지 몰라도, 현재 시간 두 시에는 참 조용해 보이는 공간이었다.

심지어 문까지 닫혀있었다.

그냥 문을 두드려야 하는지, 아니면 용팔이에게 전화해야 하는지 망설이는 민호.

그때 뒤에서 누군가의 목소리가 들렸다.

"민호 씨?"

목소리의 색깔이 있다면, 아마 민호를 부른 목소리는 다크 블루색이라고 해야 할까?

다른 남자들은 아마도 아찔한 뇌쇄적이라고 느낄 그 목소리.

민호는 담담한 눈빛으로 돌아보며 말했다.

"다행입니다. 어떻게 만나나 고민했거든요."

자신을 만나러 왔다는 민호.

가슴이 살짝 두근거렸다.

그러나 겉으로 드러난 표정의 변화는 없었다.

나오는 목소리도 정확하게 컨트롤 되었다.

"무슨 일로…?"

"장규호가 그만두었습니다. 혹시 아시는 게 있는지…."

"일단 들어오세요."

그녀는 열쇠로 문을 열고 민호를 스쳐 지나갔다. 민호의 코에 그녀의 냄새가 흘러들어왔다.

이 또한 다른 남자들이라면 잠시 현기증이 날 수도 있었을 텐데, 민호는 변함없이 그녀의 뒤를 따랐다.

몸에 딱 붙은 하얀색 옷을 입은 그녀의 뒤태도 마찬가지로 시선을 두지 않은 채, 오히려 룸살롱의 실내를 다시 한번 살펴보았다.

머릿속으로 혹시 이곳이 텐프로가 아닐까? 라는 짐작을 하면서 나중에 구인기 과장에게 물어보리라 생각했다.

그때 그의 귀에 그녀의 음성이 다시 들렸다.

"혹시 밤에 오시면 전 항상 1번 룸에 있으니…."

말끝을 흐리는 그녀. 민호는 비상시에 만날 수 있는 시공간을 자신에게 알려주는 것으로 여겼다.

그래서 말한 사람만이 알고 있는 그 의미를 바로 받은 민호.

"배려해주셔서 감사합니다. 그래도 되도록 영업시간을 방해하지 않겠습니다."

그러고 나서 드디어 룸 넘버 1번 방에 그녀와 거리를 두고 앉았다.

이제 원하는 정보를 그녀에게 들을 차례였다.

그녀는 잠시 민호를 바라보더니 담배를 꺼내 권했는데,

"죄송합니다."

라는 말을 듣고 그 담배를 입에 물었다.

칙. 불을 붙이고 빨아들이는 그녀의 입술.

후우… 하고 담배 연기를 내뿜는 것도 매우 아름다웠다

지난번 용팔이에게 그녀의 나이가 자신과 비슷할 거라는 말을 들었다.

그 나이면 이 바닥에서 환갑에 이른다는 말도.

하지만 민호가 보기에는 아직 젊고 매력적이었다.

그 매력적인 입술에 담배가 물려있지 않았다면 더 좋았을 텐데…

거기까지 생각하다가 그녀의 입에서 나오는 이름에 놀라는 민호.

"방용현…."

"……!"

"…과 장규호가 여의도 찌라시 공장에 같이 고용되었어요. 이건 어제 알았어요. 그래서 민호 씨와 만났으면 했는데, 다행히 오늘 오셨네요."

방용현이라면 지난번 성혜 인터내셔널에서 자신의 계획에 걸려들었던 인물로, 시내면세점을 결국 성공시키지 못하고 안재현에게 축출당했다는 이야기를 들었다.

민호의 눈썹이 꿈틀거렸다.

그녀의 이야기를 들을수록 장규호를 고용한 여의도 찌라시 공장과 JJ 사모펀드에 대해 호기심이 생겼다. 그에 대한 짧은 회상과 사모펀드에 대한 호기심을 불러일으키는 중에 희재라는 여자는 계속해서 정보를 제공했다.

"어제 우리 아이가 알아온 정보로 추측하면 오늘 큰 건이 있대요. 그 두 명이 만나서 이야기했다는 데… 저는 그게 뭔지는 잘 모르겠어요."

그녀는 모르겠다고는 했지만, 민호는 그녀의 눈빛을 보며 알아차렸다.

확실하지 않은 것은 이야기하지 않는 성격. 그래서 말을 아끼는 거라고.

그래서 그녀 대신 자신이 그 '큰 건수'라는 것에 대해 말을 꺼냈다.

"홈 마트군요."

"그런 것 같아요."

그의 예측에 속으로는 놀란 그녀, 겉으로는 내색하지

않고 말을 받았다.

시험해 보고 싶은 생각마저 들었다.

어디서부터 어디까지 예측하는지.

그러나 곧 그 마음을 접어두고 다시 객관적인 시선으로 돌아간 그녀.

"지금 장규호와 방용현을 이용하는 JJ 사모펀드는 한꺼번에 세 군데를 노리고 있어요. 그중 하나가 홈 마트인 것 같고, 나머지 둘은 어디인지 파악하지 못했어요."

"식품회사 하나, 무역회사 하나일 겁니다."

"저도 그렇게 생각하고 있지만… 장담할 수는 없죠."

"그렇죠. 결과는 나와봐야 하니까요."

그때 드디어 첫 번째 결과를 알리는 목소리가 들렸다.

"희재 언니! 언니!"

문소리가 나고, 한 여자가 둘이 있는 룸 1번 방에 급하게 들어왔다.

그녀는 민호를 보더니 잠시 손을 입에다가 얹었다.

"어머, 손님이 있으셨네… 어? 김민호 씨?"

"……?"

도대체 자신이 이렇게 유명했던가?

요즘 어디를 가도 자신을 알아보는 사람 때문에 연예인이 된 듯한 기분이었다.

심지어 희재를 만나기 전까지 단 한 번도 룸살롱 출입을 하지 않았다.

그런데 화장 진하게 한 여자가 들어와서 자신을 알아보다니.

"여기서 스타를 만나게 되다니요. 영광이에요. 호호호."

민호는 아무런 대답을 하지 않았다.

그는 자신의 능력을 알게 된 이후로, 굳이 여자와 말을 섞는 걸 즐기지 않았다.

원천적으로 유미 이외의 여자에게 유혹당하지 않으려는 방어막이었다.

아무튼, 호들갑을 떨던 그녀는 대답이 나오지 않아도 그리 신경 쓰지 않는 것 같았다.

얼굴도 진한 화장을 한 것만큼 두꺼워서 바로 자신에게 오빠라고 부르며 이렇게 말했다.

"어머, 오빠가 여기 있으면 더 잘됐다. 같이 들으시면 되겠네요. 홈 마트 입찰 주인이 결정되었어요."

"그렇군요."

이미 알고 있다는 표정으로 시큰둥하게 대답하는 민호를 보고 화장 진한 그녀는 묘한 눈빛이 되었다.

"JJ 사모펀드라는 걸 알고 계시는군요."

"예측 범위에 있었으니까요. 전 오히려 그들의 다음 타겟이 궁금합니다. 그리고 얼만큼의 자금을 운용하는지도. 최종 목적은 무엇인지까지 알면 더 좋겠죠."

무덤덤하게 말하지만, 마치 이들에게 정당한 요구를 하는 것 같았다.

그리고 그 요구를 접수한 희재와 화장 진한 그녀.

특히나 후자는,

"제가 꼭 알아볼게요, 오빠."

라고 말하며 눈에 의지를 불태웠다.

그 눈빛이 부담스러웠던지 민호는 자리에서 일어났다.

"전 이제, 그만 가보겠습니다. 아… 이건 제 명함입니다."

자신의 명함을 굳이 주지 않아도 이미 알 것 같은 느낌이었지만, 예의상 그녀들에게 전달했다.

그러자 화장 진한 그녀가 연예인에게 사인을 받은 것처럼 그 명함을 품속에 넣으며 입을 열었다.

"제 이름은 민지예요. 전화번호는 나중에 문자로 찍어드릴게요."

문자로? 그러다가 나중에 유미가 보면?

민호는 룸살롱에 출입한다는 사실을 유미에게 알려야 한다고 생각했다.

자칫하다가는 오해를 불러올 상황이었다.

실제로 룸살롱의 정문까지 따라 나오는 민지가 약간 부담스러웠다.

그녀는 정문에서 두 손을 모으며 자신에게 최대한 예쁜 미소를 보내려고 하는 것 같았다.

"그럼 오빠, 들어가세요."

"아… 네, 그럼."

그녀의 부담스런 눈빛에 민호는 재빨리 뒤돌아섰다.

그때 경악한 표정으로 자신을 바라보는 누군가와 시선이 마주쳤다.

구인기 과장이다.

"김⋯ 김 과장?"

그에게 오해를 불러일으킬 게 확실해진 상황.

그래도 민호는 아무 일도 없었기에 당당할 뿐이었다.

"여기에는 어쩐 일로⋯."

"김 과장이야말로⋯ 뻘건 대낮에⋯ 여기는 웬일이야?"

"아, 오해하시는 거 같은데, 과장님이 생각하시는 건⋯ 절대 아닙니다."

"그렇겠지, 아마도 그럴 거야. 그런데 말이야⋯."

민호의 말을 억지로 이해한다는 듯이 고개를 끄덕이는 구인기 과장.

그가 묘한 미소를 지으며 민호에게 말했다.

"이왕 이렇게 된 거 내가 입을 잘 간수할 테니까⋯."

"⋯⋯."

"법인 카드 좀 공유하자고. 응? 어차피 내가 조금만 쓸 게. 어제부터 배가 고파서 그래. 하하하."

역시 단단히 오해하는 것 같았다.

법인 카드라니?

물론 재권이 자신한테 줘서 그걸 가지고 있었다.

하지만 이런 데 쓰라고 준 것도 아니고, 쓸 생각도 없었다.

민호는 이렇게라도 자신에게 은근한 위협(?)을 주고 싶은 구인기 과장을 불쌍히 여겼다.

그래서 꺼낸 게 바로 체크카드다.

"가서 삼겹살이나 사드세요."

"헉… 정말이지? 정말이야? 알았어. 정말이지?"

'정말이지?'를 세 번이나 연속으로 터트린 구인기 과장은 마지막으로 민호에게 이 말을 남겼다.

"절대 난 김 과장을 안 본거야. 정말이야. 맹세해!"

도대체 삼겹살 사서 먹으라는데, 왜 저렇게 감동하는 것일까?

고작 삼겹살일 뿐인데…

민호는 아무리 생각해도 영문을 알 수 없었다.

그러다가 갑자기,

"……!"

지갑을 본 민호의 표정이 굳어갔다.

그가 가지고 있던 체크카드는 두 장.

하나는 잔고가 없는 것.

하필이면 그것을 주고 말았다.

✤

구인기는 민호의 마음이 바뀔까 봐 재빨리 그의 시야를 벗어났다.

그러고 나서 어느 정도 갔을 때, 스마트폰의 통화 버튼을 눌렀다.

"성영이 형님이우?"

(응. 왜?)

그가 전화한 사람은 최근 부쩍 가까워진 우성영이었다.

"오늘 삼겹살 어떻습니까?"

(헉! 월급날도 아닌데….)

삼겹살은 최근 그와 자신만의 룸살롱을 지칭하는 은어였다.

한 때 구인기는 이 은어를 종섭에게 알려줬었다.

물론 같이 룸살롱을 다니기 위해서.

그런데 그가 영서에게 정절을 지켜야 한다는 말을 하자, 새로운 사람을 찾았는데, 그게 바로 우성영이었다.

분명히 종섭이 민호에게 그 은어를 알려주었던 게 분명하다.

"갑자기 공돈이 생겨서요. 그럼 오늘 거기서 오케이?"

(알았어. 하하하. 거기서 봐.)

전화를 끊은 구인기.

벌써부터 오늘 밤이 기대된다.

그는 계속해서 민호가 준 체크 카드를 만지작거렸다.

홀리
HOLIC : 그의 직장 성공기

133회. 민호의 약점

구인기 과장에게 전화한 민호.

그런데 그가 받지를 않는다.

살짝 걱정되었지만, 어쩔 수 없었다.

삼겹살값 정도는 나중에 언제라도 줄 수 있으니 말이다.

이런 부분은 단순하게 가는 게 좋다. 현재 복잡한 것만으로도 머리가 터질 것 같으니.

사무실로 들어가서 하나씩 하나씩 매듭을 짓고 싶었다.

실제로 민호는 지하에 있는 리서치 센터에 도착했고, 퇴근 시간까지 기다렸다.

모두 퇴근한 후에 찌라시 공장에서 온 세 명과 이야기를 나누기 위해서였다.

민호의 표정을 눈치챈 사람은 강성희다.

그녀는 다른 사람이 다 퇴근하자마자 바로 민호에게 물었다.

"하실 말씀 있으세요."

"네, 해킹이요….'"

"해킹? 아… 그건 정말 죄송했어요. 그런데… 그때 이후로 들어오는 해킹은 모두 막았습니다. 이제 해킹은 더 시도되지 않고 있어요."

"아뇨….'"

그녀의 변명과 같은 이야기를 듣고 민호는 고개를 흔들었다.

"우리 쪽에서 할 수는 없습니까?"

"……!"

그 말을 듣고 강성희의 표정이 굳었다.

뜻밖이라는 눈빛과 함께.

"그건….'"

그때 권순빈이 끼어들었다.

"할 수 있죠, 당연히! 맡겨만 주신다면.'"

"쉴더야, 너 가만히 있어.'"

"왜? 물어보시잖아. 물어보신 거에 대답은 해야지."

강성희와 권순빈의 대화.

그리고 그들을 지켜보며 가만히 있는 민둥산 머리 임동균을 보며 민호는 알았다.

이들은 방어가 아니라 공격자들이라는 걸.

민호 역시 최근에 해킹에 대해 검색을 했다.

그래서 얻은 정보는 화이트와 블랙 해커가 있다는 것.

우리나라에 세계 3대 화이트 해커가 다 몰려있다는 사실도 이번에 알았는데, 그렇다면 세계적인 블랙 해커라고 없을까?

그는 이들 셋이 바로 블랙 해커가 아닐까 추측해 보았다.

그래서 한 말이었다. 다만 합법적인 행동은 아니라서 그동안 망설였는데, 굳이 저쪽 블랙 해커 집단을 처리하는 방법이나 과정이 합법일 필요는 없다는 결론을 내렸다.

"괜찮습니다. 저쪽에서 법을 어기면, 우리도 같은 방법으로 못 할 게 있나요?"

"거 봐, 이 인간아. 내가 다 대장의 뜻을 읽은 거야."

민호의 말을 권순빈이 으스대며 받았다.

그러자 강성희의 시선이 민호를 향했다.

민호를 가만히 보면서 그녀는 눈빛으로 말하고 있었다.

말은 안 했지만, 사실 자신 있다고. 맡겨만 달라고.

그 눈빛을 보고 민호는 고개를 끄덕였다.

"책임은…."

"……."

"제가 지겠습니다."

민호가 강한 목소리로 말하자, 이번에는 지금까지 한마디도 하지 않았던 임동균이 고개를 저었다.

"아뇨. 형님은 가만히 계시면 됩니다. 절대 책임지실 일은 없을 테니까요."

반짝반짝 빛나는 머리를 한 번 쓰다듬으며 의지를 불태우려는데…

퍽!

"이 자식아, 혼자만 멋있는 척 하냐?"

쉴더 권순빈이 그걸 가만히 두지 않았다.

금세 진지한 분위기가 장난스럽게 변해갔다.

민호 역시 미소를 머금었다.

그런 자신에게 강성희가 필요한 물건을 말하기 시작했다.

12인승 밴 한 대를 개조한 차, 그 안에 들어갈 네트워킹 설비들.

정확히는 그것들을 구매하는 데 필요한 돈을 이야기하는 것이다.

민호가 직접 그걸 사러 다닐 수 없으니 말이다.

어디서 사야 할지도 모르고, 어떻게 개조할지도 알 수 없었다.

그래서 말했다.

"돈을 드릴 테니, 알아서 사세요."

고개를 끄덕이는 강성희와 눈빛을 빛내는 나머지 두 사람.

그중 권순빈이 한마디 더 추가했다.

"원래 그런 게 다 갖추어져 있었는데, 새 대장이 다 없애라고…"

민호는 권순빈이 말한 새 대장이 누군지 잘 알고 있었다.

허유정이다.

음지를 싫어하는 성격 때문에 희재도 내쳤고, 찌라시 공장은 합법적인 것만 하도록 요구했다.

민호 역시 대놓고 하는 불법을 원하지는 않았다.

그래서 그 부분에 대해서 표현하니, 강성희가 웃으며 대답했다.

"이번 해킹 사건… 누가 했는지 다 알고 있잖아요. 그쪽만 공격할게요. 그럼 되죠?"

그렇다. 민호도 이들도 정답은 알고 있다. 누가 공격했는지.

바로 여의도 찌라시 공장.

예전에도 그들과 전면전을 한 적이 있었다고 한다.

승리는 당연히 종로 찌라시 공장이었고.

그 무용담을 쉴더, 권순빈에게 듣느라 민호는 시간을 확인해야 했다.

한 30분 들으니 드디어 마지막 무용담이 끝나고, 결론을 내려주었다.

"그때 우리한테 엄청 털렸어요. 하하하. 이제 다시 장비 갖추면, 탈탈 터는 게 시간문제죠. 큭큭큭."

"이번에도 그럼 탈탈 터시죠. 지원은 완벽하게 해드리겠습니다."

"형님 말씀대로 될 겁니다. 일주일만 주세요. 하하하."

마지막으로 민둥산 머리, 임동균의 장담을 들으며 민호는 일어섰다.

벌써 시간이 자정에 가까웠다.

점점 퇴근시간이 늦어지고 있었다.

무리한다는 것은 좋은 일이 아니다.

자신이 아프면, 회사가 돌아가는 데 차질이 생길 수도 있으니 말이다.

따라서 집에 도착해서 곧바로 씻고 바로 꿈나라로 향했다.

물론 이럴 때에는 전화기를 무음 모드로 해놓았다.

유미하고도 자정 이후에는 서로 전화하지 않기로 이미 합의했다.

그녀는 뱃속의 태아를 관리해야 했고, 민호는 회사 일을 더 잘하기 위해 푹 숙면을 취해야 하니까.

덕분에 민호의 머리맡에서 혼자 울리는 전화를 전혀 인식할 수 없었다.

화면에는 〈구인기〉라는 이름이 수차례 뜨고 있어도, 꿈속에서 유미와 만나느라 정신없었다.

다음 날 아침 부재중 전화가 열세 통이나 와있는 걸 발견한 민호.

무슨 일로 자신에게 전화를 이렇게 많이 했을까?

곰곰이 생각하던 민호는 고작 삼겹살 때문이라고는 생각하지 못했다.

그래서 급한 일일지도 모른다는 생각에 전화하려고 했는데, 밖에서 어머니, 유옥경 여사가 부르는 소리를 들었다.

아침 식사를 차려놓으셨고, 할 말도 있는 것 같았다.

그리고 민호는 그 이야기가 자신의 결혼과 관계있는 것이라는 걸 알았다.

"사돈댁이랑 다음 달 세 번째 주 토요일로 정했다. 그 날이 길일이라더라."

"정말이요?"

"그래, 이 녀석아. 한 달이면 금방 간다, 너… 살 집도 빨리 구하고 그래야 하니까…"

그다음에 나오는 이야기는 잘 들리지 않았다.

그에게는 오직 유미와 같이 살 수 있는 날이 중요했기에, 어머니가 하는 말에 그저 고개만 끄덕였다.

그러느라고 구인기 과장한테 다시 연락해 본다는 것도 싹 까먹었다.

유미의 아파트에 도착해서 엘리베이터를 타고 유미 집 앞으로 다가가는 민호의 머릿속에는 그저 빨리 그녀와 함께 살고 싶다는 마음밖에는 없었다.

요즘 민호는 밖에서 그녀를 기다리지 않고, 이렇게 문앞에서 그녀를 마중 온다.

누가 보면 팔불출이라고 부르는 것도 아까울 행동.

하지만 민호에게는 매우 중요한 일이다.

유미뿐 아니라 그녀의 배 속에 있는 자신의 2세까지 보호한 채 차로 극진히 모셔야 하니까.

"우리 해달이 별일 없었지?"

"에고, 오빠. 어제 아침에 물어봤잖아. 하룻밤 새에 무슨 별일이 있어? 킥킥."

"그래도 항상 조심, 또 조심. 알지?"

"응. 오빠 때문이라도 아주 안전하게 우리 해달이가 태어날 거 같아."

진지한 민호의 말을 장난스럽게 받는 그녀.

민호는 곧 웃으며 차에 시동을 걸었다.

요즘 너무 바빠서 하루 중 유일하게 그녀와 함께하는 시간이 바로 지금이다.

그 미안함에 더 마음을 쏟는 것이다.

그리고 다른 이상한 소문에 신경 쓰이게 하기 싫어서 최근에 있던 일을 이야기하기 시작했다.

"그러니까… 혹여나 내가 룸살롱 다닌다는 이상한 소문은 절대 믿으면 안 돼. 알았지?"

"어차피 오빠가 지금 이런 말 안 해줘도, 난 오빠를 믿어."

믿음. 다른 말로 신뢰. 사랑하는 사이에서는 아주 중요한 말이다.

민호는 유미에게 그 신뢰를 얻었다.

그럴 수밖에 없었다.

유미는 평소 자신의 남자 친구가 얼마나 인기가 많은지, 눈으로 보고 귀로 듣고 있었으니까.

놀랍게도 민호는 한 번도 한눈을 팔지 않았다.

회사에서 부대끼는 여자들이 가끔 휴게실에서 외친다.

너무 냉정한 민호의 말투에 말 붙이기도 겁이 난다고.

당연히 그를 믿을 수밖에 없었다.

이제 결혼날짜까지 정해진 둘 사이의 믿음이 이처럼 굳건해졌다.

❦

구인기는 기분이 나빴다.

새벽에 망신도 그런 개망신이 없었다.

민호의 약점을 발견해서 자신이 함구한다는 암묵적 약속을 한 건데, 잔고 없는 체크 카드로 물 먹인 저의가 무엇일까?

그는 곰곰이 생각했다.

그러다가 깨달았다.

만약 입을 잘못 놀렸을 경우, 피해를 보는 건 민호가 아니라 자신일지도 모른다는 사실을.

그동안 보아왔던 민호는 어땠는가.

물샐 틈 없이 치밀한 성격은 구인기 과장의 입에서 감탄사를 불러일으킬 수밖에 없었다.

오죽했으면 그 대단해 보이던 안재현도 민호에게 몇 차례나 당했을까?

상황이 이러니 괜히 그의 약점을 잡았다고 유세 떨다가는 쥐도 새도 모르게 한직으로 밀려날지도 모른다고 생각했다.

그런데 호랑이도 제 말 하면 온다더니, 민호가 오늘은 웬일로 유통본부로 출근했다.

겸직이었기 때문에, 민호의 자리는 여전히 남아 있었다.

다만 3팀의 인원들은 구인기와 종섭이 이끄는 1팀과 2팀으로 배속되었다.

아무튼, 민호가 와서 구인기는 잠시 움찔했다.

새벽에 전화한 걸 가지고 그가 기분 나쁘지 않을까 상당히 걱정되었다.

아니나 다를까, 자신을 보면서 민호가 그 일에 대해서 말을 꺼내기 시작했다.

"어제 새벽에 전화하셨죠?"

"응? 응. 하하하. 그냥… 아니, 내가 어제 좀 취했었나봐. 미안해. 잠을 깨운 건 아닌지….''

"아닙니다. 제가 잘 때에는 무음으로 해 놔서… 혹시 무슨 급한 일이 있는 줄 알았습니다.''

"아니야, 아니야. 절대! 절대 그런 일 없어. 하하하. 미안, 신경 쓰이게 해서….''

구인기는 고개를 갸웃거리는 민호를 보며 안도의 한숨을 쉬었다.

하마터면 잠자는 사자의 코털을 건드릴 뻔했다.

그런 그의 모습을 보면서 종섭이 다가왔다.

"뭡니까?"

"응?"

"무슨 약점을 또 잡히셨어요? 왜 이렇게 쩔쩔 매시는 겁니까?"

"약점은 무슨… 오히려 내가 잡았으면 잡았….

흥분해서, 그리고 억울해서 자신도 모르게 말을 꺼내다가 중지한 구인기.

종섭은 뭔가 있다고 생각하며 그를 끌고 옥상으로 올라갔다.

민호의 약점 이야기다.

당연히 알아야 할 것 아니겠는가.

사실 최근 의문이 생긴 게 한두 개가 아니었다.

분명히 작년에 화장실과 찜질방에서 봤던 민호의 사이즈(?)가 변했다.

그렇다면 혹시 민호도 자신처럼 강한 남성 의원과 비슷한 종류를 이용했다는 의미가 된다.

그 진실을 파헤치고 싶었다.

혹시나 그 진실을 구인기 과장이 알고 있는 것은 아닐까?

그게 아니더라도 민호의 약점이라면 자신에게 꽤 중요하다.

"아, 정말… 아무것도 아니라니까…"

"아무것도 아닌 거… 그거 거짓말인 거 다 압니다. 빨리 부세요."

"이 사람이 정말? 왜 이러는 거야?"

"사실 저도 짐작하고 있는 게 있습니다. 그래도 혹시 모르니까…"

"……?"

짐작하는 게 있다. 그렇다면 종섭이도 그 사실을 알고 있다는 건데…

의외로 민호가 치밀하지 못한 구석이 있는 것 같았다.

그래서 구인기 과장이 말했다.

"그럼 오늘 (그 룸살롱에) 확인하러 갈까? 증거야 없겠지만, 증인은 있을 거 아니야?"

"(남성 의원에) 확인하려요? 흠… 나쁘지는 않지만, 알려줄까요? 아무리 그래도 (환자의) 프라이버시를 함부로…"

"세상에 돈이면 안 되는 게 어디 있어? 가슴에 슬쩍 돈 좀 찔러주면, 다 나오게 되어 있어."

굳이 가슴에 돈을 찔러 줘야 하나?

종섭은 살짝 고개를 갸웃거렸다.

그래도 어쨌든, 민호도 자신처럼 수술했다는 사실을 진심으로 알고 싶었다.

그리고 만약…

그게 사실로 밝혀진다면…

재수술할 용의도 있었기에 그의 고개가 끄덕여졌다.

홀릭

HOLIC : 그의 직장 성공기

134회. 장인과 사위

옥상에서 내려와서 종섭은 민호를 가자미 눈으로 보았다.

솔직히 그를 보면 요즘 매우 짜증이 났다.

리서치 센터장이라니? 새로운 부서가 생기고 그곳을 관장하는 것만 봐도 부장이나 차장급으로 봐야 했다.

물론 종섭은 그 직급을 인정할 수 없었다.

정체불명의 센터장!

종섭의 사전에 그런 직급은 없었다.

따라서 민호는 자신에게 그냥 풋내기 과장이었다.

1년 만에 과장까지 올라온 건 그의 운이 좋아서였고, 이제는 민호의 운 빨도 끝났다고 생각한 종섭.

이유는 당연히 좌천 때문이다.

정체불명의 리서치 센터장에 지하 세계로 좌천된 민호가 회사에서 가장 잘 나가는 유통 본부를 떠나게 된다면?

끝이다. 당연히 끝이다.

속으로 그렇게 생각하는 종섭이었다.

더구나 그는 다음 달 진급 심사 때, 그동안 쌓아 놓았던 자신의 공로를 예측하여 차장이나 부장까지 노리고 있었다.

이제 남은 것은 그와의 사이즈(?) 대결.

영서가 임신해서 밤일(?)에 장기 휴가를 맞이한 상황에서 수술은 언제라도 가능하다.

그래서 오늘 퇴근 후가 기대된다.

구인기 과장이 알아낸 정보가 확실하다면, 그에게 삼겹살이라도 사주고 싶었다.

생각이 좀 깊었나 보다. 자신을 보는 민호의 눈과 마주친 걸 이제야 깨닫고 시선을 재빨리 돌렸다.

한편, 민호는 종섭이 자신을 바라보는 눈빛을 느끼고 그에게 시선을 던졌다.

그런데 자신의 시선을 그가 피하는 걸 보고 이상한 생각이 들었다.

그러다가 갑자기 떠오른 생각 하나.

얼마 전에 우연히 보게 된 〈강한 남성 의원〉이 머릿속으로 흘러가면서, 민호의 얼굴에 미소를 품게 했다.

그는 일어나서 종섭에게 다가갔다.

여전히 자신과 눈을 마주치지 않으려는 종섭에게 바짝 붙어서 속삭였다.

(이 과장님. 현대 의학의 기술이 참 놀랍습니다.)

민호의 속삭이는 말을 듣고 눈을 크게 뜬 종섭.

이제 거의 확실했다.

민호 역시 현대 의학의 도움을 받았다는 것이.

구인기 과장의 말이 살짝 미심쩍긴 했었는데, 이제야 그를 믿고 오후에 그 병원으로 가야겠다고 생각했다.

그래서 고개를 끄덕이며 민호의 말에 답변했다.

물론 입으로 말고 눈으로.

(나도 네가 간 곳을 이용할 거야.)

민호는 살짝 놀랐다.

이렇게 빨리 종섭이 수긍할 줄이야.

참 그가 많이 달라졌다고 생각했다.

예전에는 독불장군처럼 한 번 주장하면, 절대 꺾지 않은 종섭의 모습이었는데…

이제는 인정하고 당당하게 살아가려는 그 모습에 솔직히 속으로 감탄했다.

그의 모습을 보면서 자신도 좀 겸손해져야겠다는 생각도 들었다.

해외 영업 1팀의 공건우 과장이 왔을 때, 드디어 그 겸손함을 발휘한 민호.

"이번에 할랄 인증을 받았습니다. 인도네시아로 수출할 라면 생산이 시작되면, 바로 해외 영업 1팀에 넘기겠습니다."

"인… 도네시아?"

"네, 웅심이 우리 회사에서 빠지는 바람에 저번에 타격을 입으셨잖아요."

그랬다. 그래서 그때 민호가 조금만 기다리라고 해서, 참고 또 참았지만, 벌써 새로운 프로젝트를 회사에 제출할 시기가 왔다.

당연히 어떻게 진행되고 있는지 체크하기 위해서 이곳에 왔는데, 바로 이렇게 희소식을 얻어갈 줄은 생각도 못 했다.

공건우 과장은 살짝 말까지 더듬었다.

"그게… 진짜… 현실성 있는 이야기인가?"

"기다려 보시면 알 겁니다."

지난 1년이 넘는 기간에 민호는 빈말하지 않기로 유명했다.

그걸 잘 아는 공건우 과장이다.

만면에 희색을 띤 채, 유통본부에서 나갔다.

그의 뒷모습을 보는 민호의 얼굴에도 흐뭇함이 자리 잡았다.

사실은 그의 기분보다 자신의 기분을 더 만족하게 했기에 더 기분이 좋았다.

그는 확신이 있었다.

세계 4위의 인도네시아를 라면으로 정복할 수 있다는 기분.

유통 본부 문을 나서는 그의 발걸음은 바로 미래의 장인, 정필호의 회사를 향해서였다.

갈 때 송현우 이사를 동반했다.

그에게 보여주고 싶었다. 글로벌 푸드의 미래를.

이미 정필호의 공장에서는 라면이 생산에 들어갔다.

다른 곳은 국내 판매를 위해서라지만, 이곳은 아니다.

바로 인도네시아에 수출할 라면을 생산하기로 결정이 되었다.

민호는 이곳 공장에서 샘플 생산 이후 바로 본 제품을 생산하라고 정필호에게 말했다.

그것을 보기 위해서 민호와 송현우가 도착하니, 정필호가 바로 이들을 맞이했다.

자신의 사위가 될 민호에게는 편하게 할 수 있지만, 송현우에게는 그럴 수 없었다.

그는 살짝 고개를 숙이며 예의를 갖추고 라면 공장으로 안내했다.

"현재 3교대로 공장을 돌리고 있습니다."

"3교대로요?"

"네, 김민호 과장이 이번 달 안으로 1만 5천 봉의 탁송 준비를 해야 한다고 해서."

그 말을 듣고 송현우는 민호를 바라보았다.

군이 이렇게 빠르게 만들 필요가 있는가 하는 눈빛이었다.

눈으로 하는 질문이라지만, 그것을 찰떡처럼 알아들은 민호의 입에서 답변이 흘러나왔다.

"지금 이것도 부족하다고 생각됩니다. 다른 하청을 돌려야 하는데, 아직은 보안 유지가 필요해서…."

송현우의 눈이 커졌다.

그럴 정도로 이 라면이 잘 팔릴 거로 생각하는가.

다시 답변을 준비한 민호.

그를 데리고 사장실로 들어갔다.

그곳에서 지난번처럼 라면을 끓이는 사람은 정필호였다.

곧 인도네시아 라면 특유의 향이 송현우의 코를 찔렀다.

젓가락으로 그것을 집어 입에 넣었을 때, 쌉쌀한 맛이 느껴졌다.

그 역시 과거 몇 차례 인도네시아에 머문 경험이 있었다.

인도네시아의 라면도 꽤 많이 먹어봤다.

당시 인도네시아에 이런 상품을 팔기 위해서 자신이 몇 번이나 위에 상품을 요청했으니까.

"이 맛이… 그… 맛 맞구먼."

맛있지는 않았다. 분명히 한국인의 입맛과는 다르니까.

하지만 그때 그 맛을 잊을 수는 없었다.

그래서 민호를 바라보는 송현우의 눈에는 불신의 감정이 가득했다.

"이건 그냥 흉내 내기가 아니야. 도대체 어떻게…."

"사실 기획 2팀의 정유미 대리의 작품입니다. 그래서 말씀인데, 이번 기회에 정 대리를 식품 쪽으로 데리고 가시면 어떠실까요?"

민호는 일부러 그 이야기를 정필호의 앞에서 했다.

약간 으스대면서 생색도 내기 위해서였다.

내가 이런 사람이다.

유미가 이런 나와 결혼한다.

그러니까 더 구박하지 말아다오.

미래의 장인어른 앞에서 우회적인 항의를 하는 것이나 다름없었다.

"정 대리가?"

"그렇습니다. 아시겠지만, 지난번 미국에서 빅 히트한 라면도 그녀가 기획한 거죠. 거기다가 마트 앞에 전통시장에서는 이미 인기스타입니다. 그쪽 식당 주인들이 정 대리가 언제 오냐고 매번 물어보는 통에 귀찮아서 저도 요즘 안 가고 있습니다."

"흐음…."

사실 민호는 뻔뻔하기 그지없었다.

이미 그와 유미의 관계가 회사 내에 다 알려진 상태였다.

대놓고 그녀를 광고하고 나섰다.

거기다가 송현우가 지금 그의 예비 장인어른인 정필호와의 관계도 이미 알고 있었다.

그럼에도 불구하고 대놓고 말하고 있었고, 심지어는 아예 이런 요구까지 했다.

"물론 그녀를 데리고 가기 위해서는 뭔가 당근책이 필요하죠. 예를 들면, 승진이라든지…."

"하하하… 자네, 아예 대놓고… 요구하는구먼. 하하하."

"원래 정 대리가 자기 이야기를 잘 못해서 저라도 하려고요. 하하하. 그래도 공과 사를 잘 구분합니다. 절대 개인적인 친분 때문에 그녀의 능력을 과대해서 포장한 건 아닙니다."

민호는 오히려 더 목소리에 힘을 주었다.

자신이 있었기 때문이다. 유미의 능력에 대해서.

"알겠네, 알겠어. 내 정식으로 그녀의 인사발령을 요청할 거야."

"감사합니다."

잠시 머리를 숙인 후에 다시 고개를 들었을 때, 민호는 정필호를 바라보았다.

아주 자랑스럽고 당당한 눈빛을 한 채.

자신의 노력을 알아달라는 뜻이었다.

그렇게 바라본 정필호의 눈은 당연히 고마움이 담겨 있었다.

드디어 점수를 땄다. 지난번 유미의 임신 사실 이후에 처음으로.

그리고 물 들어올 때, 노 젓는다고 송현우를 보내고 나서도 계속 공치사를 연발하고 있는 민호.

"사실 저번에 대리 승진 때도 제가 사장님한테 말씀드렸습니다."

"그래? 흠. 자네가 그렇단 말이지?"

"제가 원래 제 자랑을 잘 안 하는 성격인데, 회사에서 저… 꽤 잘 나갑니다. 해결사라는 별명이 있을 정도죠."

민호의 이야기를 듣고 있는 정필호.

오늘 눈앞에서 목격한 장면을 통해서도 그가 자신의 딸을 얼마나 사랑하는지 잘 알고 있었다.

공사의 분별이 뛰어나다지만, 팔은 안으로 굽는 법이다.

하청 업체 선정에서도 자신의 회사를 추천해 주었고, 선결제로 인해 숨통까지 트였다.

사위 잘 둔 덕을 왜 모르겠는가.

다만 일찍 임신시킨 부분은 꽤 마음에 안 들어서 요즘 꽁했다.

그러다가 이렇게 말할 계기가 생겨서 이제야 터놓고 할 말을 하기 시작한 정필호.

어차피 민호의 퇴근 시간도 지났고 해서 저녁을 같이 먹자고 제안했다.

둘은 삼겹살을 먹으러 유미의 아파트 근처로 향했다.

고깃집에 도착해서 주문하고 술잔을 기울이는 두 남자.

먼저 정필호가 말을 꺼냈다.

"내가 다른 건 모르겠지만, 바람피우는 거… 그거 하나만은 용서 못 하네."

"당연하죠. 절대 그럴 일 없을 겁니다."

"자네도 알다시피… 내가 들은 이야기로… 한국 남자들 술 접대문화에서 얼마나 많은 일이 발생하나? 지난번 회사에 납품할 때도 은근히 요구하더라고. 룸살롱에 여자… 에잉. 내가 사실 그걸 거절했더니, 그다음 달에 바로 납품을 다른 곳으로 돌리니 원…."

"전 절대 그런 갑질도 안 하거니와, 일편단심 민들렙니다, 장인어른. 제 사전에 여자는 유미밖에 없거든요. 하하하."

더 지내봐야 알겠지만, 지금까지 보아온 민호는 그랬다.

그래서 정필호는 그 부분에서는 고개를 끄덕였다.

"나도 잘 알고 있네. 하지만 인생은 꽤 길어. 그리고 자네와 우리 딸이 결혼을 일찍 하는 거잖아. 그 긴 결혼 생활을 하는 데 항상 좋을 수만은 없어. 더구나 남자는 여자가 임신했을 때, 다른 생각이 많이 나는 법이야."

"전 안 그럴 겁니다. 전 정말 잘 참아왔습니다. 유미랑 사귄 지 꽤 오랜 시간이 지나도 그녀에게 손도 안 댔어요."

그러다가 못 참고 손을 대긴 했지만, 민호는 확실히 말할 수 있었다.

다른 남자와는 달리 꽤 오랜 시간을 기다려주었다고.

물론 이런 말을 감히 정필호 앞에서 더 표현할 수는 없었다.

그래도 충분히 어필했다고 생각한 민호.

정필호의 표정을 봐도 오늘은 자신이 확실히 점수를 땄다고 생각했을 때 전화가 왔다.

강태학이었다.

"받아봐, 회산 거 같은데…."

"네? 네, 네."

전화를 받았을 때, 강태학은 별로 중요한 것 같지 않은 질문을 계속 했다.

그러다가 마지막에는…

(혹시 여기 계신 분들은 오늘 오십니까?)

"아, 당분간 사무실에 못 올 겁니다."

(어? 그럼 외부 공격이 들어오면 어떻게 됩니까?)

"보안 시스템 완벽하게 구축했답니다. 너무 걱정하지 마세요."

(네… 아, 마지막으로… 오늘 혹시 사무실에 들어오십니까?)

"아뇨. 왜요? 무슨 하실 말씀이라도?"

"아… 아닙니다. 알겠습니다."

전화를 끊는 강태학을 보면서 잠시 묘한 생각이 들었다.

혹시 사무실에 아무도 오지 않기를 바란 것은 아닌지.

그러다가 또 전화벨이 울렸다.

이번에는 희재였다. 화면에 나타난 그 이름을 보고 민호는 재빨리 통화거절로 밀었다.

아까 정필호가 룸살롱 이야기를 해서 그런지 괜히 아무 짓도 안 했는데 찔렸다.

앞에 앉은 예비 장인이 오해할지도 모른다는 생각에 재빨리 거부한 것이다.

그런데 그녀에게 또 전화가 왔다.

민호는 아예 전원을 꺼버렸다.

죄를 짓지 않았지만, 오해를 받을 수도 있다는 느낌이 여기서 들었다.

그나마 다행인 것은 정필호가 오늘 거나하게 취해서 민호를 스스럼없이 대했다는 것이다.

취한 그를 데리고 아파트까지 갔을 때, 마중 나온 유미를 보며 그는 미소를 지었다.

"뭐 이렇게 술을 많이 드시게 했어?"

"그러게… 이야기가 잘 되다 보니까… 이렇게 되었어. 하하. 난 간다."

"그냥 가게? 꿀물이라도 먹지."

"아냐, 대리 불러서 바로 올 거야. 오늘은 그냥 들어갈게. 그럼 잘자~"

민호는 그녀에게 인사하고 차로 갔을 때, 이미 대리 기사가 자신을 기다리고 있었다.

차에 타고 집으로 가는 길에 오랜만에 상념에 젖었다.

사람은 태어나서 늘 새로운 인간관계를 맺는다고 생각했
다.

　자신 역시 마찬가지다.

　진한 피로 연결되지는 않았지만, 그 이상으로 연결된 장
인과 새로운 인간관계가 그의 얼굴에 미소를 가져다주었
다.

HOLIC : 그의 직장 성공기

135회. 친구와 라이벌

정필호를 바래다주고 오는 길.

민호 역시 오늘 소주를 많이 마신 상태였다.

물론 예비 장인의 앞이라서 정신력으로 버텼지만, 약간 알딸딸한 기분은 어쩔 수가 없었다.

대리운전 기사가 약간 거칠게 운전하는 것에 살짝 인상이 찌푸려졌지만, 좋은 기분을 끝까지 유지하고 싶어서 참았다.

그런데 집에 다 도착했을 때였다.

갑자기 아까 희재에게 전화가 왔었고, 전화기를 꺼놨다는 게 그제야 생각이 났다.

민호는 혹시나 급한 일이 있지는 않을까 바로 스마트폰

의 전원 버튼을 눌렀다.

전화기를 켜자 떠오른 부재중 전화.

희재에게 몇 통이나 왔기에 어쩔 수 없이 통화 버튼을 눌렀다.

(여보세요. 민호 씨?)

"네, 말씀하세요."

(이곳에 구인기 과장과 이종섭 과장이 와 있어요.)

"……?"

(다 알고 왔다는 데 무슨 소리를 하는지 저도 몰라, 일단 룸에 들여보내고 민호 씨에게 전화 넣은 거예요.)

"그럴 리가요? 흠… 알겠습니다. 일단 바로 가보겠습니다."

이래저래 퇴근 후에도 참 바쁜 일이 생기는 것 같았다.

그런데 그녀가 곧바로 그를 제지했다.

(아니에요. 제가 알아서 처리할게요.)

"네?"

(어쩌면 떠보려고 온 걸 수도 있어요. 구인기 과장은 이쪽에서 아주 유명하거든요. 아무것도 모르면서 많이 아는 척. 어제도 제가 아는 룸살롱에 가서 잔고도 없는 체크카드를 긁고 마구 떼를 썼대요. 일단 그냥 제가 알아서 할게요.)

"네, 그럼… 부탁드립니다."

술이 알딸딸했기 때문에 운전도 못 하고 가려면 택시를

124 **Holic**
: 그의 직장 성공기 6

타야 했다.

그래서 그녀가 알아서 처리하도록 맡긴 민호는 전화를 끊었다.

✤

한편, 종섭은 도대체 영문을 모르겠다는 표정을 하고, 구인기를 바라보았다.

왜 병원은 들르지 않고 여기에 온 것일까?

거기다가 아까 이곳 주인에게 큰소리까지 치면서 들어왔다.

민호의 이름을 말하면서 다 알고 왔다고.

그게 무슨 뜻일까?

물어보고 싶었지만, 구인기는 들어와서 거래처에 전화가 왔는지 한참을 통화하고 있었다.

그제야 통화가 끝나고 않았을 때, 종섭은 드디어 질문했다.

"여기에 왜 오신 겁니까? 저 잘못 걸리면 장인어른한테 뼈도 못 추립니다."

"에이, 걱정하지 마. 아가씨 안 부를 테니까. 그러려고 온 거 아니야. 술도 싼 걸로 주문했잖아. 잠시만 기다려. 여기요~ 여기요~"

아가씨를 부르지 않겠다고 했으면서 밖에 대고 누군가를

홀릭 125

부르는 구인기.

그 모습을 보며 종섭의 눈살이 찌푸려졌다.

"도대체…."

무슨 말을 하려다가 참은 종섭.

곧이어 남자 종업원 하나가 문을 열고 들어왔기 때문이다.

"부르셨습니까?"

"불렀죠. 하하하. 불렀습니다. 사실은 제가 뭘 알아보려고 왔는데…."

"네?"

종업원의 말에 구인기가 스마트폰을 꺼냈다.

그리고 저장해 놓은 민호의 사진을 확대해서 그 종업원에게 보여주었다.

"이 사람 여기 자주 오죠?"

"……."

이제야 종섭은 그가 하려는 일을 대충 깨닫고 있었다.

민호가 병원에 들른 게 아니라 이곳을 다닌다는 사실도 눈치챘다.

이게 웬 떡인가?

이게 사실이라면, 종섭 역시 민호의 약점을 드디어 하나 잡을 수 있었다.

아주 얄미운 놈이다.

당연히 그의 치부를 하나 정도는 쥐고 있어야 하지 않겠는가.

그런데 종섭의 눈에 남자 종업원이 그 사진을 들여다보고 고개를 세차게 젓는 모습이 보였다.

"처음 뵙는 분입니다."

"어허, 제가 안 잡아먹습니다. 아~아~, 세상에 제가 공짜로 뭔가를 바라겠습니까? 이 과장, 뭐해?"

종섭은 구인기가 말하는 뜻을 알고 지갑을 꺼냈다.

얼마 정도가 좋을까 잠시 생각하더니 5만 원권 지폐 한 장을 종업원의 호주머니에 넣어주었다.

"손님… 이러지 마십시오."

"에이, 참… 어렵네. 얼마를 원하는 건지 말로 해주시든지, 그럼."

종업원이 거절하자 종섭은 특유의 시니컬한 말투로 눈을 부릅 떴다.

말로는 얼마를 원하는 건지 표현해달라고 했지만, 눈으로는 대충 이 정도 선에서 끝내자는 표시를 보낸 것이다.

그 눈을 보고 종업원은 어이없어했다.

현재 전 종업원과 아가씨들이 이곳 사장인 희재에게 전달받은 상태였다.

지금 들어온 종섭과 구인기에 대해서 예의주시하고 있으라고.

이들이 혹시 무언가를 캐내려고 한다면 대답하지 말라는

지시까지 내려왔다.

거기다 대고 노골적으로 알아내려고 하다니.

종업원이 말해줄 리가 있겠는가.

"죄송하지만, 정말 처음 본 얼굴입니다."

"허어, 내가 어제 봤는데? 그럴 리가 있어? 완전 거짓말. 영업시간이 아닌데도 여기서 나오고 있었다는 건… 험, 험. 내 입으로는 말 못하지."

구인기가 옆에서 끼어들며 말하자 종섭의 눈이 커졌다.

이 정도일 줄은 몰랐다.

종섭은 이런 곳에 경험이 많았다.

물론 지금은 마음 잡고 영서에게만 충실히 하고 있지만, 예전에는 난봉꾼이 따로 없었다.

당연히 그의 머리에서 민호와 이곳의 관계가 마구 유추되고 있었다.

영업시간이 아닌데 이곳에서 나왔다는 것은, 하룻밤을 지새웠다는 의미였다.

또한, 보통 2차는 근처 숙박시설을 이용하는데, 이곳에서 하룻밤을 지새웠다는 것은 사장과 그렇고 그런 사이라는 뜻이었다.

이건 종섭이 원하는 방향이 아니었다.

신기한 일이었다. 이유를 모르겠지만, 실제로는 민호가 난봉꾼이 아니기를 바랐다.

그래서 그런지 사실 확인을 하고 싶지 않았다.

그런데 한발 늦었다.

벌써 구인기가 사장을 찾기 시작했다.

"미안하지만, 사장 좀 불러줘."

"네?"

"다 알고 왔는데, 여기서 발뺌을 하다니… 안 되겠어. 사장하고 직접 이야기를 하는 게 좋겠어."

"……."

종업원은 어찌해야 할 바를 몰랐다.

아까 희재가 이들에게 민호의 정체를 잡아떼라는 지시도 있었지만, 함부로 대하지 말라는 말도 했다.

당연히 계속 잡아뗄 수밖에 없는데, 이렇게 다 알고 있다는 식으로 말하니 속수무책이었다.

그때 문이 열리는 소리가 들리고 모두의 시선이 그쪽을 향했다.

드디어 주인 등장.

희재는 오늘도 검은색 옷을 입었다.

몸매가 완전히 드러나 있는 그녀의 섹시한 자태에 구인기 과장과 종섭의 눈이 돌아갔다.

지금까지 많은 룸살롱을 다녀보았지만, 그녀만큼 매혹적인 아름다움을 처음 보았다.

그래서 특히 이들은 할 말도 잊었다.

그러다가 구인기의 마음에 질투가 솟구쳤다.

민호가 바람을 피워도 이런 치명적인 매력의 소유자와 피우다니.

솔직히 질투도 질투지만 부러웠다.

겉모습도 겉모습이지만, 저 뇌쇄적인 목소리는…

"성진아, 넌 나가 있어."

"네, 사장님."

충분히 구인기의 가슴을 두근거리게 만들었다.

종섭도 마찬가지다.

잠시 영서의 얼굴이 보이지 않을 정도였다.

하지만 곧바로 가슴속의 떨림을 잠재우려고 노력한 종섭.

이제 영서에게 충실하겠다고 백번도 다짐한 게 드디어 가슴 깊이 새겨졌나 보다.

이 때문에 곧바로 정신을 차리고 그녀에게 제 목소리로 물을 수 있었다.

"김민호 모르시죠?"

"네? 네, 모릅니다."

"그러실 줄 알았습니다. 됐습니다. 이제 나가셔도 좋습니다."

"……?"

종섭은 곧바로 대답한 그녀를 보며 시선을 구인기 과장으로 옮겼다.

입을 벌린 채 희재를 쳐다보고 있는 구인기의 모습에

인상을 쓰며 그의 이름을 불렀다.

"구 과장님."

"응? 응. 아, 맞다. 이 봐요. 제가 어제 분명히 여기서 나오는 걸 봤어요. 시치미 떼지 마세요."

이제야 큰소리치는 구인기 과장에게 그녀는 표정 하나 변하지 않은 채 말했다.

"어제…."

"……."

"가게에 하루종일 있었는데, 그 사람 얼굴을 본 적이 없어요."

"그럴 리가… 거짓말하지 마세요. 제가 분명히…."

"증거 있나요?"

여기서 바로 말문이 막힌 구인기.

증거를 내놓으라는 그녀의 말에 뭐라고 대꾸하기 힘들었다.

어제 따로 사진을 찍어 놓은 것도 아니었다.

더군다나 민호는 교묘하게 자신의 입을 막으려고 체크카드까지 주었다.

"헉…."

여기까지 생각하고 갑자기 자신도 모르게 이상한 소리를 내뱉은 구인기 과장.

역시 다시 한 번 치밀한 민호의 성격을 깨달았다.

잔액 없는 체크카드를 일부러 준 이유.

어쩌면 당해보라는 뜻일지도 몰랐다.

그래서 실제로 어제 장난처럼 당했지만, 이제야 뒷덜미가 서늘해졌다.

지금까지는 장난인데, 앞으로는 아닐지도 몰랐다.

이렇게 뒤를 캐다가 쥐도 새도 모르게 또 당할지도 모른다는 생각이 그의 공포심을 자극했다.

그런데 종섭 역시 자신과 같은 생각이었을까?

"구 과장님, 나가죠."

"……?"

"우리가 오해한 거 같네요."

종섭은 그를 이끌고 밖으로 나가며 이렇게 말했다.

"계산은 제가 하겠습니다."

"그…그… 미안하네. 나중에 내가 사겠네."

구인기는 최대한 불쌍한 표정을 지었다.

어제 신용카드를 한도 초과로 만들었다.

민호의 체크카드를 믿고 있다가 신용카드 두 개를 쓸 수밖에 없었다.

그 사정을 종섭이 전혀 모르겠지만, 이렇게 계산까지 해준다는 게 정말 다행이라고 생각했다.

더구나 택시까지 비용을 치러가며 태웠다.

"고마워, 정말…."

"아닙니다. 그보다 어서 가시죠."

자신에게 잔뜩 고맙다는 눈빛을 한 구인기 과장.

그를 보낸 후 종섭은 잠시 고민했다.

그는 살짝 눈치챘다.

룸살롱의 사장이 민호와 무언가가 있다는 것을.

만약 둘이 치정관계로 얽힌 복잡한 관계라면?

처음에는 솔직히 이걸 약점 삼아 그를 협박하려고 했지만, 실제로 그걸 바란 것은 아니었다.

아무리 그래도 민호가 글로벌에 큰 힘이 된다는 것은 부정할 수는 없는 사실이다.

요즘 든 생각은 그와 자신이 함께 쌍끌이로 그룹을 지탱해서 최고로 만들고 싶다는 것이었다.

그래서 꺼낸 스마트폰.

그는 통화버튼을 눌렀다.

지금이라도 민호를 만나야 하겠다는 생각을 가졌다.

룸살롱 여주인과의 관계가 사실이라면 그만두라는 조언도 할 참이다.

신기하게 그가 밉기도 했지만, 이제 정까지 들었나 보다.

'아냐, 다 내가 잘 되기 위해서다. 지금 글로벌에서는 민호가 필요한 건 사실이니까. 난 원래 라이벌이 있어야 잘하는 스타일이잖아.'

수신호가 끝나고 민호가 전화를 받을 때까지 속으로는 계속 자신의 행동을 합리화했다.

(여보세요.)

"지금 만날 수 있어? 할 이야기가 있어서….."

(글쎄요….)

"집이야? 그럼 내가 거기로 갈게."

(……)

자신이 바로 간다는 말에 민호가 말이 없자, 종섭은 살짝 웃으며 말을 이었다.

"나 때문에 보자는 거 아니야. 너를 위해서야. 만나면 알 게 될….."

뚝.

"여보세요? 여보세요?"

갑자기 전화가 끊어졌다. 종섭은 당황해서 스마트폰을 보았는데, 역시나 그가 전화를 끊은 것 같았다.

황당했다. 도와주려고 하는 사람에게 이따위로 대접하다 니.

그때…

"뭡니까, 그게? 저를 위해서라니?"

자신의 뒤에서 방금까지 통화한 민호의 목소리가 들리고 화들짝 놀란 종섭.

뒤를 돌아보니 역시 민호가 서 있었다.

입가에 미소를 가득 품고서.

그러고 나서 꺼낸 한 마디.

"들어갑시다. 모든 이야기를 다 해줄 테니… 잘됐네요. 요즘 이것저것 다 하느라 꽤 바빴는데."

그렇게 말한 민호는 뒤돌아서서 방금 종섭이 나왔던 카페 휴(休)로 다시 들어가고 있었다.

홀릭

HOLIC : 그의 직장 성공기

136회. 에이스 그룹

카페 휴(休)로 들어간 민호.

뒤따라오는 종섭의 호기심을 보지 않아도 느낄 수 있었다.

곧 있으면 그 실타래를 풀어줄 수 있기에 잘 참고 있는 모습이었다.

아니면 그가 들어갔을 때, 눈을 살짝 빛내는 희재에게 시선을 빼앗겼던가.

아무튼, 민호는 가만히 서서 자신을 바라보는 희재에게 말했다.

"룸 하나만 주실 수 있나요?"

"1번 룸으로 할게요."

"네, 그리고…."

"……."

"이왕이면 들어오셨으면 좋겠습니다. 바쁘시지 않다면요."

희재는 민호의 말을 듣고 기뻤다.

분명히 자신에게 관심이 없어서 하는 말이라는 걸 알았지만, 그래도 쓸데없이 솟아나오는 소녀적 설렘을 주체할 수 없었다.

"술은 어떤 걸로?"

"가난한 샐러리맨이라서 싼 걸로요. 하하하."

"직원 디씨로 해서 좀 괜찮은 걸로 넣을게요."

"그래 주시면 고맙겠습니다."

직원 디씨라…

그럴 수도 있었다.

잠시 찌라시 공장을 자신이 운영하는 것이고, 그녀에게 협조를 얻는 중이니 직원 디씨라는 말이 그냥 던지는 말이 아닐 수도 있었다.

여기까지 생각하고 민호는 살짝 웃었다.

그러다가 발견한 종섭의 얼굴.

이제는 알려줘야 할 것만 같았다.

지금까지 그에게 노출하지 않았던 이야기를.

어쩌면 전부.

"일단 장규호 이야기부터 말씀드려야 할 것 같습니다."

민호의 이야기가 드디어 시작되었다.

그리고 명강사의 수업을 듣는 것처럼 종섭은 귀를 쫑긋하며 몰입했다.

특히 장규호가 JJ 사모펀드에 고용된 부분을 들었을 때, 거의 모든 걸 눈치챈 종섭의 눈살이 찌푸려졌다.

"결국, 첩자였던 셈이군."

"맞습니다."

민호는 사실 박상민 사장에게 장규호가 첩자였다는 것을 공개하지 말자고 먼저 제안했다.

그 이유는 간단했다.

장규호를 인선하는 과정에서 박상민 사장이 깊숙이 개입했다.

만약 박 사장의 실수가 알려진다면, 그의 리더쉽에 타격을 입을지도 몰랐다.

그래서 지금 종섭에게도 그 부분을 부탁했다.

"당연하지. 내 장인어른이 되실 분이야. 네가 그렇게까지 부탁 안 해도 이미 잘 알고 있다고."

종섭의 표정은 굴곡이 심하다.

감정 변화가 늘 롤러코스터에 가까웠다.

현재 보이는 얼굴도 아까 민호를 마치 배려하려던 표정과는 바로 달라져서 자존심을 내세우고 있었다.

민호는 저번에 종섭의 개인신상을 살짝 엿보았다.

누나 다섯. 막내아들.

얼마나 애지중지 키웠겠는가.

그러다 보니 민호와 완전히 스타일이 달랐다.

지금까지 수차례 충돌한 이유가 바로 그 때문이었다.

그렇다면 민호가 성질을 누그러트려서 그에게 맞춰야 하는데, 민호 또한 그럴 필요성을 느끼지 못했다.

지금 손을 잡은 이유는 강력한 적이 등장했다는 예감 때문이다.

JJ 사모펀드가 찌라시 공장과 연합한 시너지.

실체가 보이지 않는다는 점이 계속 꺼림칙했다.

그래서 희재에게 물었다.

"확실한 부분만 이야기하신다는 것… 잘 알고 있습니다. 그렇지만 확실하지 않은 부분도 이제 알아야 할 거 같습니다. 그때 잠깐 언급하려고 했던 그 기업… 지금 말씀해주시면 안 되겠습니까?"

예전에 민호가 처음 희재를 만났을 때, 그녀는 실수로 JJ 사모펀드 뒤에 한 기업이 있다는 말을 잠시 꺼냈다.

그녀는 확실한 것만 말하는 성격의 소유자였는데, 당시 민호에게 자기도 모르게 많이 풀어버렸다.

민호는 그 일을 기억하고 있었다.

당시에는 그냥 넘겼던 상황인데, 지금은 알고 싶었다.

그 이유는…

"혹시 성혜 그룹입니까?"

왠지 모르게 글로벌을 노릴 곳은 거기밖에 없다고 생각

해서 꺼낸 말이다.

"아니에요."

그런 그를 보면서 희재는 고개를 저었고, 민호가 다시 한 번 물었다.

"아니라고요?"

"네, 절대 아니에요."

'절대'라는 말을 붙였다.

확실한 말이 아니면 하지 않는 그녀의 입에서 그 단어가 나왔다는 것은 JJ 사모펀드의 실체가 민호가 예측했던 방향과 다르다는 의미였다.

그래서 눈으로 설명을 요구했다.

그 시선을 살짝 피하는 희재.

빨려 들어갈 것만 같은 민호의 눈동자는 정면으로 바라보면 안 된다는 것을 느꼈다.

어쨌든, 다른 곳을 응시하면서 그녀의 입에서 그들이 하나가 될 수 없는 이야기가 흘러나왔다.

"방용현!"

"아…."

그녀의 입에서 나온 이름 하나에 이번에는 종섭의 입에서 탄성이 나왔다.

방용현은 자신들 때문에 성혜 인터내셔널에서 물러나야만 했다.

또한, 그가 자신들도 적으로 돌릴 수 있지만, 안재현을 타겟으로 볼 수도 있는 상황이다.

그런데 민호는 이것을 수긍하지 않았다.

"방용현이 연기하는 것일지도 모릅니다."

예전에 구인기도 2중 첩자를 했다.

방용현이 퇴출당한 연기야말로 불가능하지 않았다.

만약 그게 민호의 시선까지 돌리는 역할까지 하게 된다면, 더더욱 효과 만점이었다.

하지만 이번에는 민호가 제대로 꼬았나 보다.

그녀의 입에서 이어지는 소리는 그가 잘못 짚었다는 것을 보여주고 있었다.

"그럴 수도 있지만, 지난주 내내 성혜 인터넷 쇼핑몰이 공격당하고 있었어요."

"……!"

이건 정말 확실한 증거였다.

민호를 속이기 위해서 인터넷 쇼핑몰을 일부러 해커에게 공격당할 리는 없으니 말이다.

민호는 자신의 예측이 틀렸다는 걸 알고 잠시 숨을 죽였다.

그 틈에 종섭이 인상을 쓰며 말했다.

"이거… 정말… 그렇다면 어딥니까? 자금력 있는 기업이 사모 펀드를 몰래 운용하고 있고, 그 펀드가 해커까지 고용해서 기업을 사냥하고 있습니다. 도대체…"

민호도 종섭에 편승해서 그녀에게 다시 한 번 물었다.

"저도 알고 싶습니다. 이제 추측하신 곳을 말씀해주십시오."

그 때문에 그녀의 눈빛은 망설임을 보였다.

일부러 알려주지 않는 게 아니다.

그녀는 최대한 민호를 돕고 싶은 마음이었다.

그러나 자신의 말 한마디로 민호의 타겟이 잘 못 정해질 수도 있었다.

그게 싫었기에 지금까지 백방으로 알아내려고 한 것인데, 민호의 눈빛을 보니 말해야 할 시기가 왔다고 생각했다.

지금까지 본 민호는 자그마한 단서 하나로 많은 것을 알아낼 수 있는 사람이었으니까.

그래서 그녀의 입이 열리며 추측된 그룹 하나가 나왔다.

"에이스 그룹일 가능성이 있어요."

"……?"

민호의 눈에서 호기심이 잔뜩 묻어나왔다.

그 뒤를 이어 종섭은 아예 자문하듯이 호기심을 표현했다.

"에이스라고? 에이스가 왜?"

아무리 생각해도 이해할 수 없다는 종섭의 말투를 듣고 민호 역시 고개를 흔들었다.

에이스 그룹은 바로 예전에 민호의 회사와 긴밀한 관계를 맺었던 A&K에서 분리된 그룹이다.

현재 글로벌 마트에서 더블 지점장으로 일하는 케이티의 원소속 회사이기도 했다.

올해 초 분쟁에서 A&K는 각각 에이스와 킹 그룹으로 분리되었다.

분리된 이후에 신기하게도 두 그룹은 다른 길을 걸었다.

킹 그룹은 도태되며, 현재 미국과 국제무대에서 점점 고전하고 있지만, 에이스 그룹은 오히려 세를 불리며 점점 커지고 있었다.

"그때 판 게 아까워서 지금 이 짓을 하는 겁니까?"

예전에 이들 두 그룹이 분리되는 과정에서 한국의 마트를 빨리 처분해야 했고, 그로 인해 민호의 회사는 글로벌 마트를 건졌다.

당시는 지분 싸움으로 인해, 현금을 빨리 마련해야 했는데, 지금 수습되고 정신을 차리고 보니 한국에서 급하게 판 매물이 아까웠던가.

그게 궁금해서 민호가 의문을 표시했지만, 희재는 고개를 살짝 저으며 말했다.

"모르겠어요."

모르겠다는 말을 하고 싶지 않아서, 에이스 그룹을 이야기하지 않은 것이었는데…

"에이스 그룹이라… 에이스…"

다행인지 모르겠지만, 의외로 민호는 자신이 정보를 더 제공하지 못했는데도 신경 쓰지 않는 모습이었다.

종섭도 마찬가지.

저 둘이 지금 아무 말도 하지 않은 채, 계속 머릿속으로 생각하는 것 같았다.

그래서 방해되지 않게 살짝 룸을 나왔다.

민호와 같이 있는 공간에서 버티는 것은…

참 힘든 일이었다.

남은 두 남자는 드디어 생각이 끝나고 서로를 응시했다.

"일단 저는 내일 케이티를 만나야 할 것 같아요."

"그럼 난 김명철을 만나러 갈게."

"김명철? 그게 누군데요?"

"블랙 해커."

"블랙 해커?"

"그런 게 있어. 넌 무식해서 잘 모르겠지만…."

누가 누구보고 무식하다고 하는지 모르겠다.

최근 해킹을 당해서 인트라넷이 다운된 지도 모르고 가만히 있었던 주제에.

그것을 수습한 것은 민호가 데리고 온 해커들이었다.

아무튼, 그 해커들이 많으면 많을수록 더 안전한 법이다.

괜히 말이 길어질 것 같아서, 민호는 그에게 아무 말 하지 않았다.

그렇게 헤어진 두 사람.

다음날 민호는 아침 일찍 글로벌 마트를 향했다.

즐거워야 할 주말까지 반납한 상황이다.

하지만 다음 주 월요일 재권이 오기 전에 어느 정도 해결의 실마리를 찾아서 그에게 넘겨주고 싶었다.

원래는 그래서 안재현을 범인으로 지목하고 그에 맞춰서 마음속의 표적수사를 벌였던 것인데, 완전히 틀려버리고 말았다.

안재현도 당했다는 것은 생각지도 못한 일이었으니…

이런 생각에 벌써 당도한 글로벌 마트.

민호는 주차장에 차를 세우고 재빨리 지점장실로 올라갔다.

요즘 지점장실에서는 많은 부분에서 인수인계가 이루어지고 있었다.

이번 달에 평택에서 드디어 2호점 착공에 들어갔다.

두 명의 지점장 중 그곳을 케이티가 간다고 했으니, 분담했던 업무를 하나로 합쳐야 하는 상황.

글로벌 마트가 최근에 선풍적인 인기를 끌면서 원래도 바빴지만, 더더욱 바빠졌기에 민호가 들어왔을 때에도 케이티와 우성영, 두 지점장은 정신없이 서류정리를 하고 있었다.

민호는 얼굴에 미소를 머금으면서 인사를 했다.

"저 왔습니다."

둘 다 지난번 재권의 결혼식 이후 처음으로 보는 상황이다.

우성영은 시큰둥한 표정으로 그를 한 번 바라보았고, 케이티는 여전히 밝은 미소를 지으며 민호를 맞이했다.

민호는 그런 케이티에게 바로 용건을 꺼냈다.

민호의 이야기를 한참 들은 케이티는 에이스 그룹의 정보에 대해서 풀기 시작했다.

자기가 알고 있는 많은 것을 이야기한 케이티.

민호는 그녀의 이야기에서 결정적인 것을 찾기 위해서 노력했다.

그리고…

"원래 에이스가 돈이 훨씬 더 많았다는 말이죠?"

"네, 하지만 사업 수완은 킹 그룹이 더 좋았죠. 그래서 서로 사업적 제휴를 하고 시너지 효과를 낼 수 있다고 생각했는데… 아무래도 뭔가 엇박자가 났던 것 같아요. 더 깊은 건 저도 잘 모르겠어요. 죄송해요."

"아닙니다. 이것만으로 충분합니다."

한 가지만 알아도 큰 소득을 거둘 수 있는 대화였다.

바로 에이스 그룹에 돈이 많았다는 점.

신생펀드 JJ 사모펀드가 기업 수집을 할 수 있다는 부분과 관련이 있지는 않을까?

오늘은 여기까지다.

어차피 타겟을 정해놓고 하는 머릿속 수사.

진짜 에이스가 글로벌을 흔들어 놓았다면…

'가만히 둘 수는 없지….'

민호는 주먹을 꽉 쥐면서 지점장실을 나왔다.

＊

　한편, 종섭은 김명철을 만나러 왔다.

　그는 예전 자신의 동창이었다.

　해킹에는 천재적인 솜씨를 보였던 그였는데, 국방부를 해킹하고 어디론가 끌려갔다.

　갔다 온 후에는 참회하면서 사는 듯했다.

　하지만 늘 돈이 문제였다.

　종섭은 예전 우정을 생각해서 자주 그에게 돈을 빌려주었다.

　사실 받을 생각도 없었다.

　큰돈을 빌려 간 것도 아니었고, 언젠가 글로벌로 그를 끌어들이고 싶었기 때문이다.

　점점 보안이 중요한 시기.

　최근에는 이곳저곳이 해커에게 털렸다는 이야기를 들었다.

　심지어 글로벌도 비록 보안이 걸려있지 않은 등급의 데이터였지만, 털렸다는 이야기를 민호에게 듣고 바로 김명철이 떠올랐었다.

　예전 친분이 있었기에, 그를 끌어들이는 데 어느 정도 자신감이 붙었지만, 한 가지 꺼림칙한 건…

　"야, 너 무슨 돈이 있어서 다 갚았어?"

　종섭은 명철을 보자마자 이렇게 물었다.

수염도 깎지 않아 종섭보다 몇 살이 더 많아 보이는 김명
철.

　　그가 종섭을 향해 웃으며 대답했다.

　　"나 취직했다."

　　"취직?"

　　"응. 아마 너도 알 거야. 성혜 그룹이라고…."

HOLIC : 그의 직장 성공기

137회. 치킨 게임

같은 시각 성혜 그룹 회장실.

안재현의 앞에 뉴 페이스가 있었다.

신지석이 서 있는 걸 봐서 그가 더 윗선인 것처럼 보였
다.

나이는 많아 보이지 않았다.

이십 대 후반 아니면 삼십 대 초반?

약간 역삼각형 얼굴을 지닌 그가 바로 요즘 안재현의 뉴
브레인으로 통하는 이용근었다.

아이큐 160의 천재인 그는 지난 1월 말부터 중용되기 시
작했다.

가장 먼저 한 일은 바로 인재 확보 작업.

그 마무리가 이번에 최고의 블랙 해커인 김명철을 데리고 오는 작업이었다.

그게 바로 어제 확정되었다.

"이로써 일주일 동안 시달렸던 해커들의 공격도 종식될 것입니다."

이용근의 말을 듣고 안재현은 고개를 끄덕였다.

설마 부하직원의 말을 무조건 믿는 것일까?

정답을 말한다면, 절반쯤만이다.

회장 자리에 올라선지 아직 1년이 안 되었지만, 안재현은 이제 어느 정도 부하를 다루는 방법을 알아냈다.

완전히 믿지는 않지만, 믿는다는 표정을 보여준다.

그러면 아래에서 잘 움직여준다는 걸 알아차렸다.

물론 머릿속으로는 수없이 계산하고 있었다.

지금 자신이 어떤 표정을 지어야 이용근이 알아서 해법을 이야기할까?

결국, 성공했다.

지금 지은 안재현의 그 표정을 보며 이용근은 추가적으로 자기 생각을 밝힌 것이다.

"이제 공격한 쪽이 어디인지 밝혀내는 게 중요합니다."

"이 실장 생각은?"

"방용현의 뒤를 캐보면 나오지 않을까 생각하고 있습니다."

"방용현?"

안재현의 얼굴이 찌푸려졌다.

상기하기도 싫은 기억이 되살아나는 것처럼 느껴졌기에.

그는 누구에게도 지기 싫어한다.

그래서 지난 면세점 입찰에서 당한 상황 이후, 자신의 패인을 분석했다.

결과는 김민호였다.

그가 있고 없고의 차이가 승패를 좌우했다는 생각.

당연히 민호를 갖고 싶었다.

하지만 그게 불가능하다는 걸 깨닫고 좀 더 생각의 범위를 넓혀서 데리고 온 인재가 바로 이용근.

머리 좋은 사람은 적이 많았고, 이용근 역시 자신을 알아주는 사람이 없었던 상황에서 안재현이 그를 중용했다.

그 이후 인재를 어떻게 다루느냐를 정확히 보여준 안재현.

올해 1/4분기 매출이 엄청나게 뛰었다.

이대로라면 재계 10위에서 벗어난 그룹 순위가 다시 올라갈 수 있으리라.

아무튼, 방용현을 캐야 한다는 이용근의 주장은 간단했다.

글로벌도 당했다는 소식을 들은 그는 성혜와 글로벌 둘을 노리는 개인 또는 집단을 생각해 본 것이다.

그 공통분모에 방용현이 속해 있었다.

"그렇군… 그가 범인이었어. 그런데 어떻게…"

자신에게 쉽게 풀어서 설명하는 이용근의 말을 듣고 안재현은 아예 방용현을 범인으로 확정 지었다.

문제는 바보가 아닌 한 방용현 혼자의 단독범행이 아니라는 걸 충분히 알 수 있다는 점이다.

"뒤에 뭔가가 있겠죠. 그걸 풀어야 적이 나타날 겁니다. 이것도 사실 공통분모를 찾으면 됩니다."

"공통분모라…."

"네, 글로벌과 성혜. 이 둘을 공격할만한 동기가 있는 그룹. 비슷한 계열에 있는 쪽도 찾아볼 필요성이 있습니다."

그 말을 듣고 안재현의 머리에 여러 그룹이 휙휙 지나가고 있었다.

하지만 연관성이 있으면서 비슷한 계열사를 지닌 쪽은 국내에 없었다.

물론 폭넓게 생각하면 라떼 그룹이 존재했다.

그래서 뒤에서 신지석도 지켜만 보는 게 아니라 의견 하나를 개진했다.

"혹시 라떼 그룹이 아닐까요?"

"아니요. 동기가 적은데다가, 작년에 왕자의 난이 있었지 않습니까? 그거 수습하는데 정신없을 겁니다."

이용근이 바로 반박하는 통에 신지석은 속으로 입을 삐죽 내밀었다.

그렇게 따지면 성혜 그룹도 경영권 싸움 때문에 갈가리 찢긴 셈이다.

하지만 곰곰이 생각해보면 이용근의 말이 옳았다.

최소한 안재현은 작년에 이미 수습을 다 끝냈다.

올해 연초 비록 시내면세점을 글로벌에 내주었지만, 그룹 전체로 보았을 때에는 미미한 타격일 뿐이었다.

그것도 심리적인 거고, 전체 매출은 오히려 급격히 늘고 있는 추세.

이 모든 게 이용근의 작품이라고 생각하니 신지석은 가만히 입을 닫고 있을 수밖에 없었다.

그런데 자신에게 가끔 지시 비슷한 걸 하고 있는 이용석 때문에 또 속이 상했다.

바로 지금처럼 말이다.

"일단 신 실장님이 방용현의 뒤를 캐 주셨으면 좋겠습니다."

"네?"

신지석은 곧바로 안재현에게 시선을 돌렸다.

약간 기분 나쁘다는 표정을 지으면서.

그러나 역시 안재현은 이용근의 편이었다.

"그렇게 하도록. 될 수 있으면 빨리. 알겠지?"

"네, 알겠습니다."

왕의 명령이다. 어찌 토를 달 수 있겠는가.

고개를 끄덕이며, 큰 소리로 대답하는 게 전부였다.

다만 나중에 이용근을 만나서 위아래를 다시 한 번 따질 필요는 있었다.

이용근의 위치는 기획조정실장.

자신은 비서실장.

같은 실장인데도 불구하고 그가 자꾸 자신에게 명령을 내리는 것 같았다.

더구나 자신은 박힌 돌이고, 그는 굴러온 돌인데…

생각은 여기까지다. 주말 동안 열심히 방용현을 캐서 인정받으리라고 다짐하며 문을 나선 신지석.

그의 얼굴에 대단히 큰 각오가 보였다.

그리고 월요일 아침.

어느 정도 결과물을 가지고 신지석은 회장실로 들어갔다.

그의 얼굴에 자신만만함이 흘렀다.

하지만 들어가자마자 재수 없는 이용근이 또 있었기에, 바로 인상을 구겼다.

그래도 보고할 건 보고해야 한다.

따끈따끈한 자료가 하수인에게 조금 전 왔고, 그것을 안재현에게 보여주었다.

그런데 프린트한 그 사진을 보고 바로 떠 이용근에게 넘겨주는 안재현.

이용근은 사진을 받고 나서 바로 눈살을 찌푸리며 말했다.

"이건… 장규호입니다. 둘이 손을 잡았다는 건데…."

이용근은 안재현이 늘 어디에 초점을 맞추는지를 잘 알고 있었다.

글로벌 그룹.

언젠가 그쪽을 먹겠다는 생각을 하고 있었다.

물론 이용근은 반대다.

안재현의 욕망이 워낙 커 보여서 아무 말 하고 있지 않았지만, 이용근은 글로벌이라는 작은 그룹에 신경 쓸 필요는 없다고 생각했다.

차라리 더 높은 곳을 향해 가는 게 좋겠다고 여겨서 지난 몇 달 일부러 안재현을 그쪽이 아닌 다른 쪽으로 신경 쓰게 했다.

덕분에 매출이 신장 되었고, 그룹은 성장했다.

다만 안재현은 여전히 글로벌에 미련을 가지고 있는 것 같았다.

지난번 안재권의 결혼식에 갔다 온 것도 그 일환이었다.

가서 누가 누가 있는지 싹 둘러보았다고 한다.

안재권에게 꼬리를 살랑이던 사람들은 나중에 응징하겠다고.

이쯤 되면 집착이었다.

최근에는 글로벌에 어떤 사람이 있는지 살펴본 다음 장규호가 그만둔 이유까지 계속 신경 쓰는 모습에 이용근은 이제 그만할 때가 되었다고 조언하려던 참이었다.

지금 이 사진을 보기 전까지는 그랬다.

하지만 이 사진에서처럼 장규호와 방용현이 손을 잡는 장면이 보인다면 이야기는 달라진다.

"둘이 손을 잡았네요. 정확히는 누군가가 둘을 하수인으로 두었다는 이야기고…"

눈에 보이는 사실로 그 이면을 추적한다.

이용근의 머리가 계속 돌아가고 있었다.

그리고 내놓은 풀이과정.

"장규호는 예전에 라떼에 있었습니다. 제가 듣기로 거의 쫓겨나듯이 나왔다던데… 그쪽도 한 번 파고 들어가 보는 게 좋겠습니다."

말은 안재현한테 했지만, 다시 울상을 짓는 것은 신지석이었다.

이용근이 안재현에게 한 말은 늘 신지석에게 명령으로 되돌아오기 때문이다.

이럴 경우 그냥 자기가 하겠다고 나서는 게 더 좋았다.

다행히 그가 가진 정보통도 느리지 않았다.

어딘가로 통화하더니, 점심시간 이전에 안재현에게 보고할 수 있었다.

"라떼 마트의 매출 하락의 원인을 장규호가 책임졌답니다. 주식까지 폭락했는데… 더 자세한 건 시간이 필요합니다."

정보는 신속하고 정확해야 한다.

먼저 신속함을 취하고 정확한 건 나중에 알리는 걸 좋아하는 안재현을 위해서 신지석은 지금까지 알게 된 소식을 바로 보고한 것이다.

그 보고를 토대로 이용근은 잠시 생각을 가졌고…

"홈 마트를 인수한 주체가 바로 적입니다."

바로 누가 적인지 정의했다.

그 이야기를 들은 안재현의 눈에 불꽃이 새겨졌다.

가만두지 않겠다는 표정으로 내린 첫 번째 명령.

"홈 마트를 끌어내리도록!"

　　　　　　　　　✿

민호는 종섭에게 김명철을 섭외하는 일에 실패했다는 이야기를 들었다.

거기다가 성혜 그룹이 그를 데리고 갔다고 한다.

그래도 민호는 크게 실망하지는 않았다.

김명철의 실력이 얼마나 대단한지는 모르겠지만, 그는 강성희 등 찌라시 공장 출신의 세 명이 큰 활약을 할 거라고 생각했기 때문이다.

그래서 주말 동안 민호는 그들이 보냈던 결과물로 무엇을 할지 고민하고 몇 가지를 실행했다.

월요일 오전.

그 실행한 몇 가지가 어떻게 흘러가는지를 보고 미소를 지은 민호는 신혼여행에서 복귀한 재권과 종섭을 옥상으로 불렀다.

이미 재권도 토요일 밤에 귀국했기에, 민호에게 그간의

상황을 다 전해 들은 후였다.

그리고…

지금 민호가 바라보는 대형 LED 모니터.

늘 이곳에서 보면 저 큰 화면의 뉴스가 아주 잘 보여서 민호는 종종 보고 싶은 뉴스를 저 모니터를 통해 보곤 했다.

오늘은 일부러 둘을 초대해서 같이 화면을 감상했다.

드디어 나오는 뉴스.

- 성혜 마트 치킨 게임 시작? 특정 마트보다 물건이 비싸면, 구입한 고객에게 쿠폰을…

뉴스 타이틀만 보고 모든 걸 다 파악할 수는 없었다.

하지만 바로 알 수 있는 경우가 있었다.

바로 뒤에서 저 뉴스가 생산될 때까지 공작을 취한 사람.

그게 바로 민호였다.

그는 지금 웃고 있었다.

치킨 게임을 예상했기 때문이다.

원가 이하로 물건을 팔기 때문에 손해를 입는 치킨 게임.

대신 점유율을 급격하게 끌어올릴 수 있다는 장점을 위해 가끔 기업들이 선택한다.

현재 4위에 해당하는 성혜 마트가 손해를 감수하고 치킨 게임을 하는 이유는 바로 홈 마트 때문이라는 걸 잘 알고 있는 세 사람.

그중 대표로 민호가 이 싸움을 즐기는듯한 말을 했다.

"홈 마트랑 피 터지게 싸울 겁니다. 잠시 신경을 저기다 돌려놓고… 우리는 글로벌 식품을 키우는 데 매진할 수 있죠."

그 말을 듣고 재권과 종섭은 고개를 끄덕였다.

옳은 말이다. 글로벌과 비교해서 두 그룹은 공룡이나 마찬가지.

일단은 힘을 키울 시간을 확보하는 게 더 훌륭한 방법이었다.

그래서 민호는 지난 주말 사진을 유출했다.

방용현과 장규호가 같이 있는 사진.

찌라시 공장의 도움을 받아 확보한 그 사진을 신지석이 자주 이용하는 하수인에게 슬쩍 흘렸다.

그게 바로 먹힌 것 같았다.

지금 보고 있는 뉴스에서 치킨 게임이란, 아마도 성혜 마트가 홈 마트를 향해 전쟁을 선포했다는 의미일 테니까.

아마 성혜 마트에서 파는 물품을 타겟으로 해서 전 부분 할인에 들어갈 것이다.

이걸 JJ 사모펀드가 이겨낼 수 있는지도 관전자의 흥밋거리.

어떻게 마련했는지 모르지만 홈 마트를 인수하기 위해서 7조 5천억 원을 썼다.

성혜 그룹에서 치킨 게임을 시도했으니 그것을 막기 위해서 추가 자금의 투입이 필요할 것이다.

외국 돈이 한국에 오기 위해서는 투자밖에 없었고, 홈 마트는 안타깝게도 비상장 회사였다.

추가적인 돈을 투자하기 위해서 개미들이 투자할 수 없으니, 이제 투자하면 투자할수록 실체를 드러낼 가능성이 높아진다.

그 실체를 드러내면 성혜 그룹이 가만히 있지 않을 것이다.

그 싸움 구경이 얼마나 재미있을지 예측하는 세 사람의 주변에 봄바람이 살랑살랑 불어오고 있었다.

홀릭
HOLIC : 그의 직장 성공기

138회. 무모한 청춘

성혜 마트가 홈 마트에 선전포고와 다름없는 치킨 게임
을 시작한 일주일 후.
4월의 첫 번째 월요일이기도 한 오늘도 늘 한결같았다.
똑같은 일상에 지치지도 않는 민호.
그는 유미를 태우고 출근하는 중이다.
키가 작지는 않아서, 경차에 푹 기대야 가까스로 신호등
을 볼 수 있었는데…
빵!
뒤에서 소리가 났다.
그럴 수밖에 없었다.
신호등을 보지 않고, 그 사이에 유미의 입술을 덮쳤기

때문이다.

"오빠, 앞을 봐."

"보고 있었지. 큭큭."

틀린 말은 아니다. 신호 대기에 걸리면 늘 시야가 전방이 아닌 옆을 바라보고 있었기 때문에, 민호가 앞을 보고 있었던 것은 맞는 말이었다.

유미는 싱겁다는 듯이 웃고 말았다.

그리고 다시 차가 출발.

이제 유미의 입에서는 아까 말하던 결혼 일정이 이어지고 있었다.

아니 계속 하려 했지만, 잠시 까먹어 버렸다.

민호의 입에 자신의 입이 막혔기 때문에 계획은 저편으로 까마득히 날아간 것이다.

"어디까지 이야기했더라?"

"집 이야기."

"아, 맞다. 집! 오빠네 집에 들어가는 거 반대 없지?"

"응? 음…."

사실 여기서 민호가 그녀의 입을 막은 이유가 있었다.

불편하고 또 불편했다.

그녀가 집으로 들어온다는 것이.

그래서 잠시 생각해보려고 그녀의 입을 막았는데…

"그… 이번에 회사에서 아주 저리로 대출해준다네. 그 돈으로 집을 사려고 했지. 넌 어떻게 생각해?"

"응?"

이번에야말로 전방만 주시하고 있던 민호의 눈에 그녀의 표정은 보이지 않았다.

하지만 짐작할 수는 있었다.

의문을 가득 담은 눈동자를.

아마 그 눈에는 이렇게 쓰여 있을 것이다.

굳이 대출까지 해가면서 무리할 필요가 있을까?

그래서 바로 핑계에 들어갔다.

"내가 아는 사람 하나… 아, 그 조정환 씨 알지? 올해 정직원 된 그 사람. 그 사람도 잘사는 편인데, 나한테 저번에 이렇게 이야기하더라고. 남자는 빚으로 살아간다."

"……."

"처음에는 술 취해서 하는 말인 줄 알았는데, 나중에 생각해 보니 그렇더라고. 빚을 갚으려고 열심히 일하다 보면, 돈은 모인다."

이 말이 얼마나 옹색한지 민호도 알고 있었다.

지어낸 이야기다. 하필이면 조 전무 아들, 조정환이 그의 입에서 튀어나올 건 뭔가?

항상 말싸움이라면 그 누구와도 이길 자신이 있는 그였는데, 신기하게도 유미 앞에서는 꼭 작아졌다.

정확히 말하면 그녀를 굳이 이기고 싶은 생각이 없었다.

이번에도 아마 못 이길 것 같다고 생각한 그의 귀에 유미의 목소리가 들려왔다.

"그렇게 해."

"……!"

"오빠 말대로 할게. 그럼 집은 해결 됐고… 다음으로는… 아, 맞다. 신혼여행. 그런데 이건 아마도 당장은 힘들 거 같아. 그지?"

전생에 나라라도 구한 것일까?

민호에게 유미는 하늘이 내린 선물임이 틀림없었다.

원하는 대로 다 하게 해주고, 바라는 대로 다 이루어진다.

심지어 자신이 바쁠 것을 대비해서 신혼여행까지 미룬다는 말.

그래도 슬쩍 미안해져서 민호가 말을 꺼냈다.

"신혼여행은 굳이… 미룰 필요는 없을 거 같아. 재권이 형도, 걱정하지 말고 다녀오라고…"

"응? 오빠가 바빠서 그런 게 아니라, 나 임신 초기잖아. 비행기 타는 거 위험하단 말이야. 그러니까 나중에 가자. 요즘 그런 사람 많아. 더 마음이 편할 때 나갔다 오는 사람이… 어차피 오빠랑 나는 인도네시아도 같이 가봤고, 스위스도… 헙."

다시 입이 막힌 유미.

또 한 번 신호대기에 걸린 민호가 그녀의 입을 막아버린 것이다.

앞을 보라는 잔소리를 다시 해야 하나?

아니다. 이번에는 자신의 입술을 헤치고 들어오는 그의 혀가 너무 달콤해서 잔소리를 생략해야 할 것 같았다.

거기다가 결혼 준비에 대한 말까지 또 잊어버렸다.

아무래도 좋았다.

이런 말은 내일 하면 되니까.

항상 그의 아침은 자신의 것 아니겠는가.

그녀는 그만 눈을 감고 말았다.

❖

민호가 유미와 함께 내리는 주차장이 달라졌다.

글로벌 그룹 본사가 아니라는 말이다.

이곳이 바로 글로벌의 진정한 첫 번째 자회사, 글로벌 푸드였다.

송현우 신임대표는 민호의 의견을 받아들여, 유미를 상품기획 팀장으로 앉혔다.

엘리베이터를 같이 탄 민호는 3층 그녀의 부서에서 아쉬운 잠시간의 작별 인사를 한 후, 7층 대표실에서 내렸다.

성큼성큼성큼.

언제나 자신감에 넘쳐있는 그의 발걸음이 드디어 멈춘 곳.

바로 송현우 대표이사의 사무실 앞이었다.

똑똑. 하고 두드리자.

"들어와."

안에서 송 대표의 목소리가 들려왔다.

들어가자마자 언제나 예의를 잃지 않은 90도 인사는 민호의 전매특허였다.

"벼는 익을수록 고개를 숙인다. 하하하. 늘 그렇지만, 김 과장을 보면 생각나는 말이라고. 아… 센터장이라고 불러야 하나?"

"아닙니다. 편하신 대로 불러주십시오."

"그래, 앉지."

송 대표는 민호에게 앉을 자리를 손을 뻗어 안내한 후에 중앙에 있는 자리에 앉았다.

그 자리가 주인의 자리였고, 직장을 다니는 사람이라면 누구나 꿈꾸어 오는 자리이기도 했다.

민호 역시 언젠가 저런 자리에 앉고 싶었다.

사실 그도 눈치가 있고 귀가 있었다.

가장 어린 나이에 어딘가 대표 자리가 있다면, 김민호에게 어울릴 것이다.

그런 말을 들어본 적이 없다면 거짓말.

그러나 서두르고 싶지는 않았다.

저 자리에 앉는 순간 일어나서 활동하기는 참 힘든 것으로 보였다.

지금 송현우도 자신에게 무언가 부탁하려고 오늘 부른 것 아니겠는가?

"알겠지만, 오늘 점심이야. 중요한 자리기 때문에 김 과장이 잘해줄 거라고 믿어. 그리고 이거… 어제 귀국한 그쪽 사람 전화번호야."

가까이에서 본 송현우 눈가의 주름이 아주 잘 보였다.

멋지게 늙었다고 생각한 민호의 귀에 그의 목소리가 들어왔다.

옛날 사람의 특징이다.

전화번호가 적혀 있는 메모지 한 장.

송현우는 인도네시아 긴다 그룹의 중역 전화번호를 민호에게 건넸다.

굳이 문자나 톡으로 해줘도 될 것을 이렇게 직접 전해주려고 만나자고 했단 말인가.

그게 아니었다.

송현우는 곧바로 봉투 하나를 내밀었다.

사실 이걸 주려고 민호를 아침부터 보자고 했던 것인데, 받는 사람 입장에서는 살짝 고개를 갸우뚱하게 만드는 봉투였다.

봉투의 의미.

이런 자리에서는 대체로 그 안에는 돈이 들어있게 마련이다.

민호가 봉투 안을 들여다보지도 않고 송현우를 쳐다보자, 곧바로 그의 목소리가 들려왔다.

"오해할 것 같아서 말이야… 일종의 관행인데, 오늘 오는 사람한테 그 봉투… 챙겨줘야 하네."

그는 어렵게 말을 꺼냈다.

그제야 민호는 그 봉투의 의미를 알았다.

아주 쉽게, 그리고 물질적으로 이야기하면 뇌물이었다.

굳이 이런 게 필요 있을까?

잠시 민호의 동공이 그 말을 할까 망설이고 있었다.

그러나 곧 그의 마음과 반대의 말이 흘러나왔다.

"알겠습니다. 잘 처리하겠습니다."

"그래, 그래. 참… 김 과장, 요즘 젊은 사람 같지 않아서, 말이 잘 통한단 말이야. 하하하."

칭찬일까?

그렇게 받아들이려고 애썼다.

그런데 마음속에서 이 봉투에 대한 깊은 거부감이 들었다.

민호의 마음은 현재 둘로 갈리고 있었다.

하나는 끝까지 봉투를 사용하지 않을 결심.

다른 하나는 이게 관행이라면 어쩔 수 없이 사용할 수밖에 없지 않은가? 라는 합리화.

그런 의미에서 송현우 대표는 민호를 잘 못 보고 있었다.

민호가 젊다는 건 부정할 수 없는 사실이고, 젊음은 가끔 '뇌물'이라는 단어를 매우 싫어한다.

글로벌 푸드를 나오는 민호.

점심시간까지는 아직 여유가 있었다.

약간 복잡해진 마음을 달리기 위해서랄까?

눈앞에 보이는 마트에 들렀다.

글로벌 그룹 본사와 푸드는 100m도 떨어져 있지 않았는데, 하필이면 그 사이에 홈 마트가 있었다.

가끔 본사에 들르는 우성영 지점장이 우스갯소리로 저 홈 마트의 간판을 글로벌로 갈아버린다는 말을 하곤 했다.

갑자기 그 생각이 떠오르는 이유는 생각보다 썰렁한 매장의 분위기 때문이었다.

라면 진열대로 직진할 때까지 사람의 숫자를 셀 수 있을 만큼.

이로써 3월 말부터 시작되어 4월 초에 이르는 치킨 게임의 승자를 충분히 알 수 있을 것 같았다.

민호는 이번엔 성혜 마트를 응원했다.

그가 보기에 이 싸움의 승자가 성혜가 아닌 홈 마트가 이긴다면, 전자가 큰 타격을 입게 된다.

그렇다고 더 도와줄 생각도 없었다.

제일 좋은 것은 싸움이 길어지며, 치고받고 장기전으로 치닫는 사이에 글로벌 그룹이 더 공고해지는 게 민호의 목표였다.

여기까지 생각하고 그는 발걸음을 멈추었다.

그리고 가장 위에서 아래로 내려가는 그의 시선이 한 곳에 고정이 되었다.

씨익. 그의 얼굴에 미소가 감돌았다.

글로벌 푸드에서 출시한 라면이 보였다.

아쉬운 것은 가장 하단에 있다는 점이다.

글로벌 마트에 있는 성혜 식품 라면을 가장 하단에 둔 것과 같은 의도일 것이다.

경쟁사의 라면을 가장 잘 보이는 곳에 놓을 리는 없으니까.

그때 한 중년 여인이 와서 글로벌 라면을 집어들었다.

그 장면을 본 민호는 속으로 주문을 외웠다.

카트에 집어넣으라고. 한 번 맛보면 아마도 다시 찾게 될 거라고.

그 염원이 중년 여인에게 통하게 된 것일까?

네 개들이, 라면 한 세트가 카트에 실렸다.

또한, 중년 여인은 혼자 오지 않았다.

옆에 같이 따라온 또 다른 중년 여인이 보였다.

"그거 맛있어?"

"어, 저번에 한 번 먹어봤는데, 괜찮더라고. 가격도 싸잖아."

"그래? 그럼 나도 한 번…."

민호의 미소가 진해졌다.

홈 마트에 들어와서 답답했던 마음이 살짝 풀리는 것 같았다.

결국, 라면은 맛으로 승부 해야 한다는 점에서 이번 글로벌 푸드의 첫 번째 라면은 성공적일 것 같았다.

거기에 타사 라면보다 가격이 쌌다. 후발 주자라서 어쩔수 없는 선택일지라도, 맛이 없었다면 냉정한 소비자들이 재구매하지 않는다.

한 번 먹어본 사람들을 다시 찾게 만든다는 점.

이것이 핵심이었는데, 벌써 일주일 만에 많은 물량을 팔았다고 전달받았다.

나쁘지 않은 출발에 덩달아 기분이 좋아진 민호는 문득 깨달음을 얻고 자신의 안주머니를 헤집었다.

아까 송현우가 준 봉투에 이어서 스마트폰이 나왔다.

한 손에는 봉투를, 다른 한 손에는 스마트폰을 든 민호.

결실한 듯 바로 오늘 아침 저장된 번호를 눌렀다.

잠시 후 긴다 그룹에서 온 중역이 전화를 받자, 민호가 말했다.

"죄송하지만, 약속 장소를 옮길 수 있겠습니까?"

민호는 상대에게 정필호의 공장에서 만나자고 제안했다.

분명히 선뜻 승낙할 수 없는 변경이다.

더구나 그쪽이 갑이고, 글로벌은 을이었다.

그래도 민호는 만나는 장소가 중요하다고 생각했다.

아니 사실 만나는 장소에서 먹는 점심이 매우 중요하다고 여겼다.

일단 라면을 먹인다.

그렇게 맛으로 승부하고 나서…

정 안 되면 봉투를 사용하리라.

정면 승부와 편법을 동시에 준비한다는 생각.

이게 바로 민호의 계획이었다.

이윽고 긴다 그룹의 중역이 잠시 망설이는 게 느껴졌지만, 곧 승낙하는 걸 듣고 민호는 내심 환호성을 내질렀다.

젊으니까 할 수 있었다.

무모하지만 때로는 그래서 통한다.

HOLIC : 그의 직장 성공기

139회. 협상의 귀재

마트를 나와 본사로 향하는 민호의 경차는 거침이 없었다.

늘 귀에 들리는 끼이익 소리와 함께, 핸들을 틀고 멋지게 주차한 민호.

본사 엘리베이터를 타고 올라가는데, 1층에서 조명회 전무가 탔다.

"안녕하십니까?"

"어, 그래. 여전하구먼. 하하하."

이제 조정환의 아버지로 밝혀진 그였다.

알지만 모르는 척하는 민호였고.

하지만 조명회의 다음 말은 정말 예상하지 못했다.

"이번 달에 퇴임하네. 자네 결혼식에는 아마… 전무가 아닌 신분으로 가게 될 것 같아. 허허허."

처음 듣는 이야기였다.

전무가 된 지 얼마 안 되었는데, 퇴임이라니?

다른 사람과 인간관계도 원만하다고 들었던 그였는데, 혹시 송현우가 글로벌 푸드의 대표가 된 것 때문에 그럴까?

인간이란 정말 단순한 동물이다.

가까이 있던 사람이 잘 되면 두 가지 이율배반적인 마음이 들기 때문에.

그게 바로 축하와 질투의 감정인데, 우습게도 후자가 더 먼저 가슴을 자극한다.

그렇다고 내보일 수도 없으니, 뒤로 물러나 주는 걸 택하는 사람들이 있기도 했다.

민호가 예측한 건 바로 그것이었는데, 재권은 또 다른 각도로 알고 있었다.

"원래 예정되었다고 들었어."

"정말이요?"

"응. 나이가 적지는 않으시잖아."

그건 그랬다. 박상민 사장보다 다섯 살이나 더 위였다.

그렇다고 정년 퇴임이 사실상 없는 거나 마찬가지인 임원에서 물러난다는 게 이해가 가지 않았다.

"퇴임을 취소할 수도 있지 않습니까?"

"그럴 수도 있겠지. 그런데…."

"……."

"아저씨가 오히려 반기셨어. 가끔 말씀하시거든. 퇴물들이 물러나야… 젊은 사람들이 자기 뜻을 펼친다고."

"그건…."

정말 말도 안 되는 이야기라고 말할 뻔했다.

하지만 참았다. 항상 자기 생각과 다른 사람의 생각이 같지는 않을 테니까.

솔직히 말하면, 아쉬운 마음이 매우 컸다.

방용현이나 장규호와는 달리 상대적으로 청렴해 보이는 사람이 자꾸 물러나려고만 하고 있었다.

그러다가 생각난 점 하나.

상대적으로 청렴해 보이기 때문에 그들이 물러나는 것 같이 보였다.

조금 전만 해도 글로벌 푸드에서 송현우 대표가 자신에게 봉투를 찔러 넣어주었다.

자신의 반응은 어땠는가.

거부감이 상당히 들었다.

아무리 그것을 얼굴에 드러내지 않으려고 해도, 송 대표가 그것을 눈치 못 챘을 리가 없었다.

그러나 그에게 하지 말라고도 말 못 하는 이유는 간단했다.

송현우가 가지고 있는 방식과 민호가 추구하는 방향의 괴리감.

이해시키느니 차라리 민호의 손에 맡기는 것을 선택한 그였다.

그걸 이제야 깨달은 민호.

그랬기에 잠시 말을 하지 않았다.

자신을 바라보는 재권 역시 무슨 생각에 빠져있는지 아무 말도 하지 않았다.

그러다가 똑똑…

유리문을 두드리는 사람이 있었기에 두 사람의 시선이 그쪽을 향했다.

조정환이었다.

조명회 전무의 아들인 그를 보게 되니 민호의 마음은 살짝 더 복잡해지는 것 같았다.

"말씀하신 무카 그룹 자료입니다."

"아, 고마워요."

"네, 그럼."

"잠깐만요."

유통본부의 3팀은 해체된 상황이었다.

그렇다고 민호가 유통본부의 적을 두지 않은 것은 또 아니었다.

유통본부의 과장을 리서치 센터장과 겸임하고 있었던 상황에서, 옛 부하직원에게 자료를 요청하는 것을 뭐라고 할 사람은 아무도 없었다.

조정환에게 인도네시아의 거대 유통 기업, 무카 그룹의

자료를 요청한 후에 유리 회의실에서 재권과 이야기를 나눈 것인데, 드디어 받아든 자료.

그것을 보지도 않고 민호는 정환이 나간다기에 잠시 붙잡았다.

그러고 나서 순간적으로 이 말을 꺼냈다.

"오늘 점심에 저와 같이 라면 먹으러 가야 합니다. 외근 준비 하세요."

"……."

"괜찮죠, 본부장님?"

"응? 응. 그럼. 조정환 씨, 다녀오세요. 일 많이 배우시고요."

정환의 아버지, 조명회가 퇴직한다고 해서 나온 말일까?

갑자기 조정환에게 일을 가르치려고?

그래서 빨리 키워, 조명회보다 더 훌륭한 직장인, 나아가서는 회사의 큰 인재로 만들기 위해서 그를 동반하는 것일까?

그럴지도 몰랐다.

하지만 감정에 치우친 것보다는 이성으로 판단했다.

회사에 인재가 필요한 것은 사실이고, 그 인재들에게 가장 훌륭한 덕목은 바로 '경험'이었기에, 민호는 전달해주고 싶었다.

무엇을? 어떻게?

그건 데리고 다니면서 설명하면 된다.

바로 지금처럼…

"…얍삽한 수라는 건 저도 아는데, 분명히 통할 겁니다."

현재 민호는 정환에게 얍팍한 공작 하나를 전달했다.

긴다 그룹의 중역, 까르타를 만나러 가는 차 안에서 내린
지시.

정환의 장점.

상관의 생각을 읽으면서도 무조건적으로 받아들이지만
은 않는다. 그래서 민호의 설명을 들은 정환에게 의문이 생
겼고, 호기심은 덮어놓지 않았다.

"알겠습니다. 그런데… 그것 때문에 아까 무카 그룹에
대한 자료를 부탁하신 겁니까?"

이건 오히려 민호가 장려했던 사항이었다.

그래서 민호는 미소를 지으며 이렇게 대답했다.

"아뇨. 수틀리면, 긴다가 아닌 무카 쪽과 진짜 연결해 보
려고요. 물론 제일 중요한 건 무카라는 이름을 이용해서,
긴다와 협상하는 게 원칙입니다."

원칙을 강조한 민호의 얼굴.

아까부터 지었던 미소가 더 진해지고 있었다.

✤

인도네시아의 긴다 그룹은 1차와 2차 가공식품으로 현지
에서 유명한 기업이다.

지난번 민호가 유미와 함께 인도네시아를 들렀을 때, 팜유를 대량 수입한 곳이 바로 그 그룹이었다.

이번에도 그 인연으로 인맥을 뚫고 연락이 닿았고, 긴다 그룹에 라면 유통에 대해서 타진했다.

그렇게 해서 온 사람이 바로 까르타였고, 그는 긴다 그룹의 중역이었다.

그는 현재 그렇게 기분 좋은 상태가 아니었다.

글로벌 푸드에서 일체의 출장비를 다 낸다고 해서 왔는데, 첫 번째 만남에서 고작 라면을 먹었다.

처음에 그는 민호가 자신에게 공개된 장소가 아닌 다른 곳에서 봉투라도 건넬 줄 알았다.

인도네시아에서 이런 봉투는 관행이며, 걸릴 가능성도 없었지만, 한국은 꽤 다르다고 생각하며 은밀하게 받으려 했는데…

"어떻습니까?"

앞에 있는 민호는 맛만 물어봤다.

물론 맛은 매우 훌륭했다. 그가 먹어본 최상의 것이라고 할 정도로.

홍보와 노출, 유통이 뒷받침 되면 크게 흥행할 것 같았다.

그러나 광고는 글로벌 푸드의 몫이 될지라도, 유통은 긴다 그룹이 하는 것이다.

아무리 맛이 좋으면 뭐하겠는가.

자신의 그룹이 그 제품을 늦장 유통하면 경쟁사에 뒤지게 되어 본전 뽑는 게 쉽지 않을 텐데…

"흠…."

그래서 다소 맘에 안 든다는 표정을 지었다.

눈치가 있다면, 자신의 이런 얼굴을 보며 봉투를 꺼낼 것이다.

역시 자신의 앞에 있는 젊은 친구, 민호가 눈치 없는 사람은 아닌 것 같았다.

안주머니에 손을 가져가는 것을 봐서, 무언가 까르타가 기대하는 그 '무언가'를 꺼낼 줄 알고 그의 눈빛이 반짝반짝 빛났다.

하지만 바로 실망을 주는 민호의 말.

"아, 죄송합니다. 진동으로 해놨는데, 전화가 와서…."

"받으세요."

"감사합니다."

한국인은 매너가 없는 것일까?

받으라고 한다고 냉큼 받는 민호.

거기다가 나가서 받는 것도 아니라, 자신의 앞에서 저렇게 통화하다니.

그런데 통화 내용이 들렸다.

처음에는 한국말로 하다가 갑자기 인도네시아어로 바뀌었다.

"어디라고요? 무카 그룹이요?"

"……!"

잘못 들은 줄 알고 귀를 살짝 손가락으로 넣어 쑤셔 본 까르타. 무카 그룹 역시 유통업을 취급하는 인도네시아의 대그룹이었다.

긴다 그룹은 라면 취급이 아닌, 1차와 2차 가공 식품을 대량 유통시키는 데 반해서, 무카는 라면과 스낵 등을 취급하는 곳이었다.

어쨌든, 그 무카 그룹에서 전화가 왔다?

자신의 앞에서?

거기다가 민호가 잠시 고개를 숙이고 밖에서 통화하겠다고 말하고 있었다.

"아… 네… 다녀오십시오."

말은 그렇게 했지만, 머릿속은 복잡했다.

민호가 자신과의 협상을 위해서 연기하는 것은 아닌지.

만약 연기가 아니라면? 시장을 개척해보겠다는 긴다 그룹의 의지도 반영되었는데, 자신이 망치는 결과를 야기한다.

그래서 잠시 후 전화통화를 마친 민호를 보며 슬쩍 떠보았다.

"아까 살짝 들었는데… 무카 그룹이라고…"

"아… 네. 그건 그렇고 계약은 어떻게 하실 건가요?"

갑자기 계약을 어떻게 할 것인지 물어본다?

거기다가 민호의 말투가 좀 바뀐 것 같았다.

사무적이라고 해야 하나?

아까는 그래도 말투 자체가 반드시 결실을 얻으려는 열의에 차 있었는데, 지금은 뭔가 좀 달라졌다.

"일단 제가 모든 걸 다 결정할 수가 없어서…."

"그러시겠죠. 그럼 맛은 어떻습니까?"

"맛이야 아주 좋… 죠."

순서가 잘못된 것 아닌가.

라면 맛을 먼저 물어보고 계약에 대해 알아봐야 하는데, 질문의 순서를 역행하고 있는 민호였다.

사실 일부러 그랬다.

계약에 대한 압박감을 상대에게 주기 위해서.

그리고 그 압박감의 절정을 만든 시기.

정환이 온 바로 지금이다.

"잠시 드릴 말씀이 있습니다."

"네?"

"무카 그룹에서…."

다른 말은 모르지만 '무카' 라는 단어가 앞에 앉아 있는 까르타의 귀에 들어갔을 것이다.

딱 그 정도의 목소리 크기에 민호에게 속삭인 정환.

민호는 고개를 끄덕이며 말했다.

"알았어요. 그럼 먼저 들어가세요."

한국말이었기 때문에 알아듣지 못했지만, 많은 걸 예상하라고 던져 준 여러 가지 힌트.

정환이 나가고 나서 그 힌트가 얼마나 통했는지 민호는 시험해봤다.

"저… 계약은 아무래도 일정 내에는 힘드시겠죠? 본사에 물어보시기도 해야 하고? 시간이 좀 걸리실 것 같은데…."

말은 그렇게 했지만, 민호는 잘 알고 있었다.

이미 인도네시아에서 알게 된 지인과 통화했다.

긴다 그룹에서 글로벌의 라면 유통을 꽤 긍정적으로 받아들이고 있다고.

맛은 둘째치고 박상민 사장이나 송현우 대표 등 오랫동안 이어온 인연들이 좋은 상품으로 다시 손을 잡자는 제안이었다.

그래서 이번에 보낸 까르타에게 적절한 리베이트만 준다면 계약까지 진행될 수 있다고 넌지시 전달받은 상태였다.

그 리베이트가 든 봉투를 건네면 쉽게 계약이 될 텐데, 민호는 봉투 하나를 전달하기가 그렇게 싫은 걸까?

그게 아니었다.

더 대우받으면서 인도네시아에 진출하고 싶었다.

봉투가 아닌 합리적인 의사소통으로 양쪽 회사의 이해관계를 명확히 전달하기를 바랐다.

좋은 물건을 주었으니, 잘 팔아주고 그 이득금을 서로 나누자고.

괜히 중간 유통 과정에서 리베이트, 커미션, 뇌물 등등 빠져나가는 돈을 최소한으로 줄여보자고.

민호는 그것을 외치는 중이었다.

한 번에 없어지지는 않겠지만, 이걸 시작점으로 하고 싶었다.

그래서 마지막으로 까르타에게 이 말을 하고 일어섰다.

"솔직히 말씀드리겠습니다. 무카 그룹 쪽에서 연락이 왔습니다. 예전 인연으로 3일 정도 제가 붙잡고 있을 것 같습니다. 그 이후에는 긴다 그룹은 무카 그룹과 동일 선상에서 협상해야 합니다. 그때까지 결정해주십시오."

홀릭
HOLIC : 그의 직장 성공기
리

140회. 지점장 수배

3일 내로 결정해야 한다.

그렇지 않을 경우 라면은 무카 그룹으로 갈 가능성이 있다.

민호는 간략하게 그 뜻을 전했다.

긴다 그룹의 중역, 까르타는 앉은 자리에서 고민하지 않을 수 없었다.

무카 그룹을 통해서 유통한다는 글로벌의 라면.

솔직히 무카 그룹은 자신과의 협상을 위한 카드일 수도 있었다.

그러나 진짜라면?

이미 계약하라는 지시를 받고 온 자신이 그걸 무산시켰

다가, 나중에 무카에서 나오는 글로벌의 라면이 성공하는 걸 본다면?

과연 자신이 긴다 그룹에서 계속 일을 할 수 있을까?

그는 속으로 고개를 저었다.

그래서 재빨리 말을 꺼냈다.

"계약서만 있다면, 지금 당장에라도 사인하고 싶습니다."

오히려 민호의 마음이 바뀔 수도 있었기 때문에, 서둘러야 하는 쪽은 긴다였다.

먹어 본 맛이 그의 마음을 움직였고, 민호가 보여준 당당함과 자신감이 결정을 이끌게 했다.

그리고 민호가 다시 전화했을 때, 계약서 한 장을 가지고 온 정환을 보며 까르타는 종이에 사인하고 말았다.

그렇게 일을 마치고 돌아오는 길에 민호의 얼굴에는 미소가 가득 차 있었다.

그것을 보고 정환이 운을 띄었다.

"기분 좋으신 것 같습니다."

"좋습니다."

"그런데 하필이면… 왜 저와 같이 간다고 했습니까?"

아까부터 묻고 싶었던 말처럼 들렸다.

사실 이게 궁금했으리라.

그래서 민호는 진한 미소를 지으며 이렇게 말했다.

"조 전무님이 곧 퇴직한다고 들었습니다."

"……!"

"원래 낙하산은 별로 안 좋아하는데, 그래도 그런 훌륭한 인품을 가진 분의 자제분이라면… 빨리 키워드려야죠. 안 그렇습니까?"

이미 알고 있었다.

그런데도 지금까지 아무 말 하지 않았다.

그게 정환으로서는 놀라울 뿐이었다.

그리고 당황했는지 자신도 모르게 변명을 하기 시작했다.

"낙하산은… 아시겠지만, 우리 회사 면접은 누군가의 아들이나 딸이라고 해서 특혜를 봐주지 않습니다. 더군다나 아버지는 아래에서부터 기어 올라가라고 했습니다."

그가 이야기하는 동안 민호는 전방을 바라보고 있었다.

운전할 때, 옆에 앉은 이가 유미가 아니라면 굳이 상대의 얼굴을 볼 필요는 없었다.

지금도 마찬가지다.

그러나 그의 표정은 대충 예상할 수 있었다.

뭔가 쩔쩔매는 듯한 표정으로 계속해서 변명 아닌 변명을 하는 그의 얼굴을 떠올리면 웃을 수밖에 없었다.

"…사실 제 친구들은 아예 밝히고 대리서부터 시작합니다. 1년 후에 과장, 그리고 또 1년 후에 차장. 이런 식으로 밟아 나가는데, 전 아예 출발선이 동일합니다. 그러니까…"

"그러니까 좋은 거죠."

"네?"

"출발선이 제 앞이었다면….."

"……."

"저를 만나지 못했을 겁니다. 그리고 지금처럼 저와 이야기하지 못했었을 겁니다."

마지막 민호의 말에 정환은 더 변명하지 못했다.

어차피 민호가 그에게 변명하라는 말도 안 했지만, 왠지 모르게 변명하고 싶었던 마음이었는데…

"졌습니다. 하하하."

그만 웃을 수밖에 없었다.

민호가 한 말에는 엄청난 자신감이 스며들어있었기 때문이다.

민호를 만날 수 없다는 말?

그 이야기는 민호에게 아무것도 배울 수 없다는 말과 동의어다.

그게 뭐 어쩌라고? 민호가 그렇게 대단하니? 잠시 그의 밑에서 일하면 크게 성장해?

라고 묻는다면 정환은 세차게 고개를 끄덕일 수밖에 없었다.

사실이었기 때문이다.

정환 자신이 이미 몸으로 느끼고 있다.

오늘도 많이 배웠고, 그를 따라다니면서 얻은 경험은 천만금을 줘도 바꿀 수 없는 것들이었다.

그래서 매우 서운했다.

유통본부에 자신을 두고 떠난 민호가.

그것을 표현하지 않다가 지금에서야 입을 여는 정환이었다.

"저를 버리신 줄 알았습니다."

"……."

"강태학 대리와 이정근 씨보다 제가 못한 게 뭘까 오래 생각했거든요."

"더 뛰어나셔서 데리고 가지 않은 겁니다."

"……?"

이건 또 무슨 소리인가?

도무지 종잡을 수가 없는 민호의 말은 가끔 볼 때 해석하기가 힘들었다.

설명이 없다면 말이다.

"앞으로 유통 본부를 이끌고 갈 사람들을 제가 다 데리고 가면… 거기 돌아가지 않습니다. 김아영 대리도, 연아 씨도, 그리고… 정환 씨도 남아야 했습니다. 뛰어나시니까요."

"……."

"그렇다고 강 대리나 이정근 씨가 이상한 사람들이라는 이야기는 아닙니다. 다 생각이 있어서 데리고 간 거예요."

"그랬군요… 어쩐지, 강 대리님하고 이정근 씨가 처음부터 3팀에 배치된 이유가 있었군요."

3팀에 배치된 이유라니.

이건 또 민호가 모르는 이야기다.

"그게 무슨 소리죠? 두 사람이 따로 배치된 이유라니요?"

"아… 그건 또 모르셨습니까? 그냥… 저도… 소문으로 들은 건데… 본부장님이 그 두 사람을 일부러 배치한 거라고…."

그렇다면 이유를 재권에게 물어야 했다.

회사에 복귀하자마자 바로 재권에게 가는 민호.

지금에 와서야 그냥 그러려니 하고 있었는데, 당시에는 왜 자신의 부서에 자꾸 성격 이상자들만 오는지 상당히 궁금했다.

사실 짜증 났다.

그래서 물어본 말에,

"응? 아… 그거? 당연하지. 일이란 항상 손발이 맞아야 하는 거잖아. 가장 너한테 맞는 사람으로 배치한 거야."

당연하다는 듯이 대답하는 재권이었다.

민호는 여전히 눈에 물음표를 새긴 채 한 번 더 질문했다.

"그… 기준이 뭔데요? 저한테 '맞는' 는 그 기준이 뭡니까?"

"너랑 가장 비슷한 사람. 일 잘하면서 머리 좋고, 당당하고…."

당연하다는 듯이 말하는 재권의 대답에 민호는 그만 입을 다물고 말았다.

인정한다는 이야기가 아니다.

자신이랑 그들이 비슷하다니?

어딜 봐서 그렇다는 말인가.

자신과 달리 그들은 싸가지가 없고 자기만 안다.

세상의 중심이 자기라고 생각하는 약간 성격 이상자들과 자신을 비교하다니 어이가 없었다.

그런데 민호의 어이 없다는 표정을 전혀 눈치채지 못하고 재권은 한마디 더 했다.

"신혼여행 갔다가 복귀했을 때, 역시 내 눈이 정확하다는 걸 알았지. 너랑 그렇게 잘 맞으니까, 지하에 그 사람들 끌고 간 거잖아. 그지? 하하하."

재권의 얼굴을 보면서 민호는 웃는 낯에 침 못 뱉는다는 속담을 마음속으로 부정하고 있었다.

✤

한편, 성혜 그룹의 기획조정실장, 이용근은 서서히 적의 실체를 파악하기 시작했다.

그 계기는 바로 '돈'이었다.

처음에는 성혜가 홈 마트를 압도적으로 짓누르는 상황이었다.

홈 마트의 가장 큰 약점은 실체 없는 주인이라는 점.

JJ 사모펀드가 100% 지분을 가진 비상장 법인이었기에, 성혜에는 상대가 안 되리라 추측했다.

그런데 양상이 점점 바뀌고 있었다.

어느샌가 투입되는 자본으로 초반에 따라오지 못했던 치킨 게임에 점점 들어오기 시작했다.

지난 한 달 동안 성혜 그룹의 치킨 게임에 점유율마저 떨어져 대형 마트 순위가 3위로 하락했던 홈 마트였다.

4위인 성혜 마트에 간발의 차로 앞서 가던 상황이었는데, 어제 상품의 가격을 일제히 내렸다.

이건 둘 중 하나였다.

어쩔 수 없이 성혜의 견제를 따라오거나, 아니면 그들 역시 가지고 있는 돈에 자신이 있거나.

이용근은 후자라고 생각했다.

그때 호출이 왔다.

바로 안재현에게서다.

회사 로비로 나오라는 그의 지시에 따라서 밑으로 내려간 이용근.

안재현은 팔짱을 끼고 밖을 내다보고 있었다.

이용근은 그를 보며 앞에 가서 머리를 살짝 숙였다.

"회장님."

"가자. 안에 틀어만 박혀서는 답을 찾기가 어려워."

"네? 어디를…."

"일단 따라와."

마침 로비 앞에 차가 도착했다.

그는 이용근을 자신의 옆자리에 앉게 했다.

앞에는 기사와 신지석 비서실장이 앉았다.

"구의동으로 가자."

"네, 회장님."

기사는 안재현이 가자는 곳이 어디인지 잘 알고 있다는 듯이 바로 출발했다.

예전에는 매우 자주 가던 곳이었다.

그러던 것이 작년 말부터 물이 흐려졌다면서 가지 않았던 구의 시장.

하지만 예전에 어머니와 함께 먹었던 그 제육 덮밥이 계속 생각났다.

뜬금없이 이용근에게 던진 말은 그래서 나왔다.

"제육 덮밥 좋아하나?"

"네, 좋아합니다."

"그거 먹으러 가자고."

제육 덮밥이라…

이용근은 늘 안재현이 말하고 행동하는 것에는 목적이 있다고 생각했다.

지금까지 그는 그 목적의 대부분을 맞췄다.

그가 요즘 안재현에게 중용 받는 이유가 바로 그것 때문이었다.

그런데 이번에는 도통 알 수가 없었다.

제육 덮밥이 의미하는 것이 무엇인지.

이 부분은 앞에 앉아 있는 신지석이 살짝 눈치를 챘다.

이번에는 정말 아무 목적과 의미가 없을 가능성이 높았다.

굳이 한 가지 찾는다면, 그곳에 데리고 가는 부하를 어느 정도 신임하고 있다는 것.

지금까지 여기 데리고 온 몇 안 되는 중역은 그나마 안재현이 신임하던 사람들이었니.

잠시 후 도착한 글로벌 마트.

시장 이용객은 마트 주차장을 이용할 수 있었다.

이게 글로벌 마트의 장점이었다.

그리고 이 장점을 받아들여서 성혜 마트도 인근 전통시장과 협력을 꾀했다.

아무리 척을 지고 있다 할지라도 받아들일 것은 재빨리 흡수하는 게 나았다.

사실 안재현이 표현은 안 했지만, 이용근을 여기에 데리고 온 이유 하나가 있었다.

이용근은 단점은 현장을 보지 않고, 머리로만 해결하려는 것.

탁상공론의 함정에 빠지지 말자는 것인데, 말보다 행동으로 보여주고 싶었다.

그렇다 할지라도 안재현은 자기 입으로 글로벌 마트를 가자고 말하기는 싫었다.

어차피 원칙은 단 하나다.

아랫사람의 능력을 최대한 이용한다.

고로 이용근에게 글로벌 마트를 보게 해서 장점을 찾는다.

이게 목적이었다.

주차장에서 나와 전통시장까지 가려면 매장을 통해야 했기에, 차에서 내린 셋은 매장을 걸으면서 안을 살펴보았다.

한참을 둘러본 이용근이 드디어 안재현의 생각대로 아이디어를 내놓았다.

"이곳 지점장을 한 번 만나보는 것도 나쁘지는 않을 것 같습니다."

이용근은 늘 사업의 성공을 인재확보라고 여겼다.

지금까지 안재현으로 하여금 많은 사람을 스카웃하게 한 조언들.

제일 좋은 건 회장이 직접 만나 신뢰감을 주는 것이라고 했기에, 실제로 안재현은 그의 충언을 받아들였다.

지금도 마찬가지다.

충분히 고려할만한 가치가 있었기에, 안재현은 드디어 옆에 있던 신지석에게 말했다.

"이곳 지점장… 수배해 봐."

"네, 회장님."

회장의 지시에 신지석은 곧바로 대답했다.

누군지 알아내기는 어렵지 않았다.

매장 어디에서든 책임자, 우성영의 이름이 있었으니까.

원래 공동 지점장이었는데, 케이티의 이름은 최근에 없어졌다.

착공에 들어간 지 한 달이 넘은 평택 지점의 지점장으로 이미 발령이 났다.

이를 위해서 케이티는 잠시 휴가를 받아 미국에 들어간 상태였다.

자세한 사항까지는 몰라도 된다.

어차피 신지석도 그의 아랫사람이 연락처까지 다 알아서 조사해주니 말이다.

비서실에서 10분도 안 되어 우성영의 전화번호를 전송해주었을 때, 신지석은 바로 그에게 연락했다.

(여보세요.)

"성혜 그룹 비서실장, 신지석입니다. 우성영 지점장님, 맞으시죠?"

(네……, 그런데요……?)

"만나고 싶습니다. 회장님이 직접 만나서 좋은 이야기…"

(딸각.)

"…나누고 싶다… 여보세요? 여보세요?"

신지석은 갑자기 끊긴 전화에 당황했다.

그는 아마도 우성영이 왜 전화를 끊은 지 영원히 모를 것이다.

하긴 성혜 그룹 회장, 안재현이 우성영의 만나고 싶지 않은 순위 1이라는 이유를 그가 어찌 알겠는가.

홀릭
HOLIC : 그의 직장 성공기

141회. 재회

우성영은 전화를 바로 끊고 앞에 서 있는 민호를 보았다.

그가 전화를 끊은 첫 번째 이유는 성혜 그룹의 회장에 대한 공포감이었지만, 두 번째 이유가 바로 민호 때문이었다.

"하하… 요즘 대출받으라는 전화가 이렇게 많아… 그지?"

"네?"

"아냐, 아냐. 쓸데없는 전화라고. 아무튼, 어디까지 이야기했지?"

"글로벌 라면 반응이요. 그거 말씀해주시다가…."

민호는 우성영이 이상하게 전화를 끊고 당황한다고 생각했지만, 크게 관심을 두지 않았다.

오늘 그가 글로벌 마트에 들른 이유는 간단했다.

요즘 마트의 패러다임을 바꾸고 있는 글로벌의 성공 요인을 다시 분석해서 현재 짓고 있는 평택점에 적용시키려고 밀착 분석하러 왔다.

같이 온 강태학은 매장에 나가 눈으로 보고 몸으로 느낀다고 했다.

민호는 지점장실에서 직접 의견을 듣고 싶었다.

특히, 최근에 출시되었던 글로벌 라면의 반응을 물어보는데, 갑자기 전화가 와서 대화가 끊긴 게 바로 전 상황이었다.

"라면 중에 제일 잘 나가지. 그런데…."

"……."

"마트를 내가 오래 운영해봐서 아는데, 모든 게 첫 끗발이라는 이야기가 있어."

"첫 끗발이요?"

"응. 사람들이 새로워서 처음에 사가느라고 많이 팔린 효과로 나타난다는 거지."

우성영은 이 바닥에서 잔뼈가 굵은 인물이었다.

처음에 민호와 티격태격했지만, 그의 말을 무시할 생각은 전혀 없었다.

그래서 민호는 귀를 기울이고 있다는 자세를 진지하게

취했다.

"그게 오래가려면 언론을 이용해야 해. 돌풍이니, 센세이셔널이라느니… 이런 말이 있어야 국민 라면에 등극하지."

우성영의 이야기는 민호도 점검하고 있는 부분이었다.

이미 관련 자료를 홍보팀 박규연 과장에게 넘겨서 기자들에게 돌려달라고 부탁해 놓은 상태였다.

그런데 여기 와서 우성영의 말을 들으니 다시 한 번 확인받는 느낌이었다.

지금 자신이 취하고 있는 방향이 옳은 곳으로 가고 있다는 느낌.

"그렇군요. 다행히 오늘이나 내일쯤 관련 자료가 신문으로 나올 겁니다. 기자들이 기사를 좀 써준다고 했거든요."

"그래? 반가운 일이군. 이왕이면 글로벌 마트도 곁들여서 나가게 해줘. 허허허."

"당연하죠. 그 부분도 미리 말해 놓았습니다. 사실 요즘 글로벌의 대표 얼굴마담이 이곳 마트 아니겠습니까? 사장님도 꽤 흡족해하십니다."

"저… 정말인가?"

"당연하죠. 우지점장님 칭찬도 많이 하셨습니다."

우성영의 입이 벌어지는 것을 보고 민호 역시 속으로 미소를 지었다.

사기 차원에서 이런 이야기는 약간 왜곡과 과장이 들어가야 한다고 생각했다.

거기다가 실제로 글로벌 마트는 단일 지점 매출로 3개월 연속 전국 1위를 찍었다.

글로벌 마트에 가면서 재권이 그에게 법인 카드를 준 이유가 바로 이 때문이었다.

재권은 민호에게 마트에 가서 확실히 사기를 올려주고 오라는 말까지 덧붙였다.

그래서 민호는 법인 카드를 꺼내서 우성영에게 내밀었다.

"이거…."

"……?"

"직원들 데리고 회식이라도 한 번 하시라고…, 본부장님이 주신 카드입니다."

"……."

그 카드를 보고 지금까지 미소를 짓던 우성영의 얼굴이 슬슬 굳어갔다.

얼마 전에 구인기 과장과 룸살롱을 갔을 때가 생각이 났다.

민호가 체크 카드를 줬다고 하면서 들어갈 때는 신나게 들어갔지만, 나올 때는 거지로 나왔던 모습이 머릿속에 각인된 우성영.

당연히 민호가 지금 내민 카드를 쉽게 받아들 수가 없었다.

오히려 손사래를 치며 이렇게 말했다.

"괜찮아. 그냥 내가 사지 뭐. 하하하."

"……?"

우성영이 거절하다니?

이 뜻밖에 상황에 민호는 고개를 갸우뚱했다.

하지만 카드를 그대로 집어넣을 수 없어서 다시 한 번 권유했다.

"그러지 마시고 받으세요. 어디 가서 삼겹살이나…."

"괜찮다니까! 됐어. 내가 알아서 사 먹일 테니… 마음만 받을게. 마음만!"

이 정도로 거절하는데, 더 권유하기는 힘들었다.

그리고 민호는 우성영을 재평가하기 시작했다.

나름대로 청렴한 사람이구나.

당당하게 살기 위해 노력하는 인물이구나.

그래서 카드를 다시 지갑에 넣고 이번에는 진심을 담아서 점심을 제안했다.

"법인 카드를 안 받으시겠다니… 어쩔 수 없네요. 그럼 제가 점심이라도 사게 해주십시오. 그동안 우지점장님께 제가 약간 무례했던 것 같아서… 여기 시장에 제육 덮밥이 맛있던데… 어떻습니까?"

"제육 덮밥?"

우성영은 민호가 제육 덮밥을 먹으러 가자고 하자, 갑자기 안 좋았던 기억이 떠올랐다.

성혜 그룹 회장, 안재현.

당시에는 몰랐다가 나중에 알게 된 그의 얼굴을 보며 얼마나 공포에 떨었던가.

물론 그 이후에 다시 이곳에 출몰했다는 소식은 듣지 못했다.

"나도 좋아하긴 하는데⋯."

"그럼 가시죠. 점심시간도 다 됐으니 빨리 움직입시다. 아, 맞다. 매장에서 강 대리 찾아서 갈 테니까 먼저 가 계십시오."

"응? 응. 그래."

민호는 지점장실을 나와서 매장으로 이동했다.

강태학 대리가 식품 코너에 있겠다는 말을 이미 들었기에, 그쪽으로 걸어갔는데, 멀리서 열심히 적고 있는 그를 보게 되었다.

입가에 미소가 흘렀다.

그 옆에 서 있는 이정근도 열심히 무언가 적고 있는 모습을 보면서.

"뭘 그렇게 열심히 적으십니까?"

민호가 다가가서 묻자 강태학은 적던 걸 멈추고 말했다.

"글로벌 푸드에서 라면 말고 만들어낼 식품군을 조사하고 있었습니다."

"아, 그래요? 어떤 게 좋을까요?"

"음식료품 중에 부재료가 괜찮아 보입니다."

"그래요? 이유는요?"

민호는 호기심을 나타냈다.

사실 민호는 경험적인 측면에서 아까 보았던 우성영이나 강태학을 존중했다.

앞뒤 꽉 막힌 날 때부터 천재가 아니었기에 가지고 있던 마음가짐이었는데, 이 또한 민호의 장점이기도 했다.

지금 강태학이 말하는 부재료는 지난번 글로벌에서 PB 상품으로 내놓았던 팜유와 비슷한 종류를 뜻하는 것이다.

즉, 식용유, 설탕, 밀가루 등등.

과연 그게 큰 시장이 될까?

민호의 눈빛이 반짝반짝 빛나며 강태학에게 반문했다.

"혹시 인도네시아를 생각하신 겁니까?"

"네… 맞습니다. 어차피 긴다 그룹과 인연을 맺었다면, 수출입을 통해서 물류비도 아낄 수 있고, 최대한 인도네시아산 곡물을 활용해서 가공식품으로 만들 수 있으니까요."

그 말을 듣고 고개를 끄덕인 민호.

깊이 공감한다는 듯한 미소를 내보였다.

민호의 머릿속에 '출장'이라는 단어가 새겨졌다.

물론 자신이 아닌 강태학을 보내는 것이다.

자신이 하나부터 열까지 모든 걸 할 수는 없었다.

만능이라는 의미는 만 가지에 능통하다는 것이지만, 머리를 쓸 때만 효율성이 높아진다.

민호가 움직이는 것까지 모두 하기에는 솔직히 힘에 부친다.

글로벌 그룹이 민호의 브레인으로 움직였다고 해도 과언이 아니었는데, 이제는 그 브레인으로 직접 움직이지 않고 사람을 움직이게 한다면 성장은 더 빨라질 것이다.

지난 1년 넘게 경험을 쌓으면서 민호가 내린 결론이 바로 그것이었다.

그래서 제육 덮밥을 먹으러 가자고 말하면서 강태학과 이정근에게 넌지시 출장 이야기를 꺼냈다.

"출장이요?"

"네, 어차피 다음 주부터 라면도 들어가기 시작합니다. 시장 상황도 체크하시고… 일단 가시게 되면 생각이나 시야도 훨씬 넓어집니다. 강 대리님하고 이정근 씨하고 조만간 같이 다녀오세요."

그 말을 듣고 고개를 끄덕이는 강태학의 모습.

옆에서 이정근도 묵묵히 듣고 있는 게 보였다.

이정근 역시 첫 출장이 설레는 것인지 표정이 나쁘지 않았다.

그때 전통시장 쪽에서 다시 들어오는 우성영의 모습을 민호는 보게 되었다.

"어? 왜 다시 오십니까?"

"아, 잘 만났네. 가지 말자고, 제육 덮밥이고, 나발이고 됐으니까 다른 곳으로 가세."

"그게 무슨 말씀이십니까?"

"거기에 지금 성혜 그룹 회장이 와있어. 그 사람 성깔이 정말 더럽거든. 저번에 내가 같이 자리 좀 쓰자고 했는데, 나에게 대뜸 '닥쳐!' 라고 지랄을 하더라고."

그 말을 하면서 우성영의 동공이 매우 심하게 흔들렸다.

민호는 그 눈에 약간의 공포가 스며들어있다는 걸 깨달았다.

언젠가 성혜 그룹은 글로벌이 접수한다!

이런 생각을 지닌 민호.

글로벌 사람이 안재현에게 공포심에 물들게 놔둘 수는 없었다.

민호는 우성영의 팔을 붙잡고 그가 돌아온 길로 다시 끌고 가며 말했다.

"이…봐? 김 과장? 김 과장?"

"괜찮습니다. 만약 이번에도 그러면 저도 닥치라고 할게요."

"그… 그….'

"저만 믿으세요. 제가 안재현을 몇 번 이겨봤거든요."

민호는 우성영에게 안정감을 줄 수 있도록 이번에는 부드럽게 말하고 앞장을 섰다.

잠시 후 살짝 뒤를 돌아보았을 때, 그가 강태학과 이정근의 뒤를 이어서 쫓아오는 게 보였다.

차라리 잘 되었다고 생각했다.

요즘 성혜 마트가 홈 마트에 반격을 당했다는 소식도 들은 참이니, 자극해서 계속 장기전을 벌일 계획을 머릿속으로 짜기 시작했는데…

우연인지 필연인지 여기서 만나게 되었으니 말이다.

❧

한편, 안재현과 그 일행은 제육 덮밥이 나오자 한 숟가락을 뜨기 시작했다.

실내의 분위기는 무거웠다.

그럴 수밖에 없었다.

안재현은 이곳에 들어오자마자 주인에게 수표를 안겨주며 잠시 손님을 받지 말라고 했다.

이들밖에 없는 가운데 제육 덮밥만 먹고 있으니, 정적이 흐르는 것은 당연한 일.

다행히 제육 덮밥에서 다른 화제로 안재현이 몰고 가주었다.

이번에도 뜬금은 없었지만 말이다.

"JJ 사모펀드가 감당할 수 있을까?"

원래 치킨 게임은 시장 점유율 싸움이다.

하지만 버티는 것도 공격하는 것도 돈이 있어야 할 수

있었다.

현재 펼쳐지기 시작한 홈 마트의 역공은 적자를 감당할 수 있는 돈이 마련되어야 한다는 점에서 대단한 선택이었다.

그것을 묻는 것이었는데, 그의 브레인, 이용근은 조심스럽게 이 상황을 예측했다.

"사모펀드의 특성상 당장 수익을 얻어야 할 겁니다."

"그렇다면 우리가 생각했던 이상으로 돈이 많다는 이야기인데…."

턱을 살짝 만지면서 고심하는 안재현.

그는 무조건 부하직원의 말만 신뢰하는 사람은 아니었다.

아랫사람은 그 나름대로 생각하라고 한 뒤, 그 역시 머릿속으로 쉼 없이 계산했다.

지난번 이용근이 이야기했던 공통분모.

성혜와 글로벌에게 앙심을 품은 집단이면서 돈이 많은 곳.

아무리 생각해봐도 찾기 어려웠다.

말 한마디 없이 각자의 생각에 빠져 식당 안은 다시 침묵에 빠졌고…

그 안에 불청객이 들이닥친 것이 바로 지금이었다.

"우리도 제육 덮밥 네 개만 주십시오."

안재현과 일행의 눈이 돌아갔다.

그리고…

안재현의 눈에 이채가 새겨졌다.

HOLIC : 그의 직장 성공기

142회. 맞수

머리가 거의 벗겨진 주인은 어쩔 줄을 몰라 했다.

그는 민호를 잘 알고 있었다.

사실 시장 사람들은 모두 민호를 알고 있었다.

민호는 그들에게 일종의 구세주와 같은 사람이었다.

마트와 전통시장의 상생을 보여준, 그 해법을 제시해 준

그였기에 안재현에게 수표를 받아도 쉽게 그들을 내보내

지는 못했다.

다행히 안재현이 주인에게 한 마디를 건넸다.

"여기까지만 손님을 받도록."

"아이고, 감사합니다. 정말 감사합니다, 회장님."

주인이 곧바로 고개를 숙이는 것을 본 민호.

들어올 때부터 대충 짐작했다.

손님을 받지 않는 대가를 안재현이 지불했다는 것을.

그걸 알고도 들어왔다는 이야기는 그를 자극하고 싶었다는 의미다.

물론 전혀 모르는 듯한 표정으로 시선은 안재현 쪽으로 던지지도 않고 이야기를 꺼냈다.

"그나저나 글로벌 마트가 이번에 전국 1위 한 거… 기록적입니다. 다시 한 번 노고에 감사드립니다."

"아… 아냐, 내가… 뭐 한 게 있다고. 허허허…."

아까 한 말을 또 하는 민호의 의중을 대충 눈치챈 우성영이었다.

과시하고 싶은 남자의 본능을 왜 모르겠는가.

하지만 그 이면에 깔린 민호의 저의는 오히려 우성영이 모르고 있었다.

민호는 자극하고 싶었고, 반응은 어떤 형태로 나오는지 궁금해 했을 뿐이다.

아직은 아무 말 없이 음식만 먹고 있는 안재현.

그때 강태학이 끼어들었다.

"그냥 1위도 아닙니다. 전국 2위가… 투마트 은평점입니다. 지난달 매출이 글로벌 마트에 절반도 되지 않네요. 3위 역시 투마트 서초점이네요."

우성영보다 훨씬 장단을 잘 맞춘다.

민호의 얼굴에 미소가 맺힐 수밖에 없는 이유였다.

싸가지가 없다는 점은 이럴 때 매력이다.

심지어 강태학에 이어 이정근은 아예 선을 넘었다.

"10위 안에 성혜 마트는 없더라고요."

"……!"

완벽한 자극이다.

심지어 안재현의 얼굴이 살짝 굳을 정도로.

눈치도 싸가지도 없는 신입 사원의 말에 갑자기 식당 안에 정적이 감돌았다.

그것을 깬 것은 바로 이용근.

성혜 그룹의 신형 엔진인 그는 물 한 모금 먹고 나서 이렇게 말했다.

"우리가 마트를 인수한 시기가 2월. 인수인계를 거쳐서 3월부터 제대로 운영했습니다. 2월까지 하위권에 있던 마트가 3월에 대거 20위권에 진입했고. 앞으로가 더 기대되는 이유입니다."

방향은 안재현을 향한 것이다.

마치 보고형식으로 말하는 이용근이었지만, 사실은 민호의 테이블에서 나온 이정근의 말에 대응한 것이나 마찬가지였다.

승부욕 없는 사람이 어디 있겠는가.

민호 측 테이블의 이정근도 그 부류인지는 몰라도 바로 눈을 부라리며 이렇게 받았다.

"어차피 세상은 1위 아니면 쳐다보지도 않습니다. 그나마 사정 봐줘서 10위까지 눈여겨본 건데, 성혜 마트가 20위권에 있었는지는 처음 알았습니다."

"그렇죠. 세상은 10위까지 눈이 갈 수밖에 없습니다. 그룹 순위로 성혜 그룹은 10대 그룹 안에 있죠. 이것도 지난해 계열 분리를 통해 살짝 빠진 거 이번 1/4분기에 다시 회복시켰습니다. 바로 회장님이요. 그런데… 글로벌? 그룹 이름이 좀 생소했었는데, 오늘 이곳 마트에 와서 알았네요. 그런 그룹이 존재하고 있었다는 것이."

머리 좋은 두 사람의 격돌이다.

거기에다가 이름까지 비슷했다.

처음에는 자신만만하게 글로벌 신입사원 이정근이 포문을 열었는데, 딱 거기까지였다.

슬슬 그가 밀리고 있었다.

성혜 그룹의 이용근이 10대 그룹 이야기를 꺼내면서 할말이 떨어졌기 때문이다.

그때 민호는 앞에 앉은 부하직원, 이정근의 손에 자신의 손을 얹었다.

"가끔… 내가 안재권 본부장님한테 말씀드리는 게 있거든. 형한테 져주기도 해야 한다고."

"……!"

"근데 본부장님이… 보기와는 달리 욕심이 좀 많아. 그래서 지금까지 성혜랑 붙은 거… 다 이겼잖아."

"그… 그렇습니까?"

이제야 슬쩍 민호의 이야기에 편승하는 이정근의 얼굴에 미소가 감돌기 시작했다.

그러면서 드디어 원하는 것을 유도했다.

"그래서요? 앞으로도 계속 져줄 생각은 없으신 겁니까?"

"뭐… 본부장님 뜻이 그런데… 어쩌겠어? 올해 안에 그룹 순위 끌어 올리고, 성혜 그룹을 밑으로 내리는 수밖에. 내가 또 사람 소원은 잘 들어주잖아. 하하하."

"이야… 기대됩니다."

"너무 목소리는 크게 내지마. 주위에서 누가 들으면… 기분 나쁠지도 모르거든."

마지막 민호의 목소리는 속삭임에 가까웠지만, 속삭임의 크기는 평상시와 다름없어서 옆 테이블에 앉아 있는 안재현의 귀에 다 들어갔다.

그래도 대단한 것은 안재현의 표정 변화가 전혀 없다는 점이다.

대놓고 무시하는 것일까?

오히려 신지석이 기분 나쁜 눈빛으로 민호를 보고 있었다.

물론 민호는 전혀 신경 쓰지 않는다는 말투로…

"이야, 제육 덮밥 나왔습니다. 먹읍시다. 먹어요. 하하하."

"그… 그럴까?"

"잘 먹겠습니다."

"이야… 맛있겠네요. 하하하."

그때 안재현이 제육 덮밥을 드디어 다 비우고 일어섰다. 그는 주인에게 가서 지갑을 꺼냈다.

굳이 신지석이 할 일을, 그것도 아까 수표를 주며 식당을 전세 놓은 것이나 마찬가지였는데, 그의 행동에 같이 온 두 사람은 당황하고 말았다.

더구나 지갑에서 수표를 꺼내면서 하는 그다음 말은 더 놀라웠다.

"저쪽 테이블 제육 덮밥…."

"네? 아니요. 아까 주신 것만으로 괜찮습니다."

당황하는 주인은 수표를 거절했다.

그러나 안재현은 뱀눈으로 주인을 지긋이 보며 계속해서 말했다.

"가끔 형은 베풀어야지… 그래야 형 아니겠어?"

수표를 계산대에 올려놓고 나가는 안재현은 출입구에서 한마디 하고 식당 문을 열었다.

"사실 짓밟기가 좀 그래. 민호 네가 다칠까 봐. 그러니까… 저번에도 말했듯이… 언제든지 와라. 자리는 비워 놓을 테니."

여전히 민호를 욕심내는 말투.

그 말에 민호는 대답하지 않았다.

오히려 그 모습을 본 이용근의 눈과 눈 사이가 좁혀졌다.

215

안재현의 저 말에 강한 승부욕을 민호에게 느꼈다.

하지만 회장이 나가는 길이다.

그 역시 일어나서 따라가야 했다.

나가기 전에 민호를 다시 한 번 훑어보는 일을 잊지 않은 이용근.

민호는 시선도 들지 않고 제육 덮밥을 먹는 일에 집중했다.

대신 우연일지 필연일지 이정근과 이용근의 시선이 얽혀 들었다.

매우 순간적이었다.

불꽃이 파박!

…하고 튀는 것 같은 그때 민호가 둘의 승부를 다시 방해하려는 듯이 이정근에게 말했다.

"뭐 해, 정근아. 먹어."

이곳에 와서 이정근에게 처음으로 말을 놓는 민호였다.

그래서 그런지 갑자기 민호가 친근해진 느낌이 든 이정근.

고개를 돌려 민호의 말에 따르듯이 제육 덮밥을 한 숟가락 뜨기 시작했다.

적수를 잃은 시선의 주인공 이용근이 떠나가는 것을 느끼며.

⚜

"너답지 않아."

나왔을 때 하는 안재현의 말에 이용근은 바로 머리를 숙였다.

"죄송합니다."

안재현은 서늘한 눈으로 고개를 숙인 이용근을 바라보다가, 발걸음을 돌렸다.

글로벌 마트 주차장이었다.

가면서 신지석에게 말했다.

"아까 전화 끊은 이유가 있군."

"네?"

"그… 우성영 말이야."

"아… 네."

비서의 기억력은 매우 좋아야 한다.

특히 만났던 사람을 입력해서 언제 어디서든, 회장이 원할 때 꺼내야 하는 게 바로 신지석의 임무였다.

옆에 걷고 있던 이용근이 오늘 이성보다 감정에 약간 치우친 감이 있었기에, 안재현에게 점수를 깎였다.

그렇다면 신지석은 점수를 딸 차례라고 생각했다.

"지난번에 회장님한테 크게 혼쭐이 나서… 전화를 끊었던 것 같은데… 생각보다 마음이 좁은 인물입니다. 마음에 두지 마시기를."

그 말을 듣고 고개를 끄덕이는 안재현.

이윽고 다시 기회를 주려는 듯 이용근에게 말을 걸었다.

그때가 글로벌 마트 정문에 들어갈 시점이었다.

"보면서 느껴봐. 전국 1위의 마트가 바로 이곳이라는 것. 인정할 건 인정해야 해. 우리와 어떻게 다른지… 이곳을 이기려면! 어떻게 해야 하는지. 그런데…."

"……."

"먼저 홈 마트부터 해결해. 그 다음에는 투마트를 이기고… 그 다음에는…."

머리가 좋다고 모든 걸 아는 것도 아니고, 모든 걸 잘하는 것도 아니다.

하지만 회전이 빠를수록 상사의 의도를 빠르게 캐치해낼 수 있었다.

결국, 글로벌 마트를 이기려 애쓰는 것보다는 홈 마트를 이기면 자연스럽게 최고의 자리에 올라선다는 의미.

다만 이겨야 한다는 최종상대를 투마트도 홈 마트도 아닌 글로벌에 두고 있다는 것.

인정하고 싶지 않았다.

안재현이 말한 이면에는 아까 본 민호가 글로벌에 있기에 이곳을 최고로 쳐준다는 이야기인데…

'그렇게 대단한가? 그 녀석이?'

아까부터 생긴 승부욕의 불길에 기름이 부어지고 있었다.

안재현이 일부러 기름을 붓고 있다는 걸 알고 있는데도

불구하고, 한 번 솟은 불길은 걷잡을 수 없었다.

그날부터 잠을 줄여가며 홈 마트와 JJ 사모펀드의 관계, 그리고 JJ 사모펀드의 실체를 연구하기 시작한 이용근.

원래는 하찮게 생각한 글로벌을 상당히 배제하고 조사했었는데, 지금은 머리와 가슴에 계속 걸려 집어넣고 상관관계를 유추해 나가기 시작했다.

지난번 종섭이 섭외하려다가 실패한 김명철이 성혜 그룹에 와서 해낸 성과 또한 이용근에게 도움이 되었다.

해킹을 통해서 여의도 찌라시 공장까지 알아냈다.

사실 운이 좋았다.

김명철은 어딘가의 공격으로 여의도 찌라시 공장이 현재 자신의 해킹을 막지 못했다고 말했다.

"어딘가요? 그게 어디죠?"

"그것까지는 모르겠습니다. 다만 저야 '독고다이'가 좋은데⋯ 이쪽 세계에 블랙 해커들은 찌라시 공장에 소속되어 있습니다. 여의도 찌라시 공장을 이 정도로 곤란하게 만드는 집단이라면⋯."

"⋯⋯."

"예전에 종로 찌라시 공장의 해커들일지도 모르는데⋯ 장담하기는 힘듭니다. 워낙 이 세계가 신인들이 갑자기 툭 튀어나와서요. 하하하."

김명철의 말을 들은 이용근은 고개를 끄덕였다.

이용근의 머리에 '찌라시 공장'이 입력되는 순간이었다.

＊

　4월의 첫 주가 갈 무렵 치열하게 성혜 마트와 홈 마트가 공방전을 펼쳤다.

　그리고 둘의 제 살 깎아 먹기 대전(大戰)으로 투마트와 라떼마트 역시 가격을 내리기 시작했다.

　유일하게 가격을 내리지 않은 곳은 글로벌 마트였다.

　물론 내린 것도 있었다.

　일반 마트와 품목이 겹치는 일부 상품.

　그러나 프리미어 마트라는 특수성 때문에 대부분 상품은 가격을 올릴 필요가 없었다.

　글로벌 그룹에 연락이 온 시점이 바로 이 무렵이었다.

　발신은 바로 투마트 대표 이사.

　수신은 유통본부장인 재권에게 왔다.

　유리 회의실에서 한참 민호와 이야기하고 있을 때 온 전화였는데, 전화를 끊고 나서 재권은 민호에게 말했다.

　"만나자네. 각 마트 대표끼리. 시장이 좀… 어지럽다고."

　그 말을 듣고 민호는 미소를 지으며 말했다.

　"만나죠, 뭐. 그런데 홈 마트 대표 이사가… 이번에 사임했잖아요. 누가 나올까요?"

　"어차피 예상하고 있잖아."

　"네, 그래도 궁금해서요. 가끔 제 예상이 틀리기를 바라기도 하거든요."

홈 마트가 매각되면서 전임 대표 이사가 곧 사임하고 새로운 사람이 뽑힐 거라는 민호의 예상.

거기다가 뽑힐 사람은 둘 중 하나가 될 거라고 말했다.

그리고 그 사람 중 하나가 바로 5대 마트 회담에 모습을 드러냈다.

신기하게도 이번에도 민호의 예상은 들어맞은 것처럼 보였다.

그는 바로…

성혜에서도, 글로벌에서도 한 번씩 속해 있었던…

최종적으로는 민호의 계략에 당해 성혜에서 쫓겨났던…

방용현이었다.

홀릭

HOLIC : 그의 직장 성공기

143회. 작전명 치사빤스

고려호텔 비즈니스 센터.

그 넓은 곳을 고작 다섯 명의 대표가 사용하기 위해서 빌렸다.

그러나 이런 일은 매우 흔했다.

세 개 이상의 기업이 조율하기 위해서는 중립 지역이 필요했기에. 최근 오성급 호텔은 반드시 비즈니스 센터를 두고 운영한다.

그 비즈니스 센터에 들어가기 전에 방용현이 입꼬리를 말아 올리는 게 민호의 눈에 보였다.

자극하는 것이리라.

물론 민호가 아닌 성혜 마트의 대표를.

"오랜만입니다, 성 대표."

"아… 아… 네, 방 대표님… 하하."

"잘 지내시죠? 저 없는 동안 이렇게 대형 마트도 인수하고… 성혜 그룹이 점점 잘 나갑니다, 그려. 허허허."

"그… 그렇죠, 뭐."

민호는 당황해서 말을 더듬는 성혜 마트의 대표를 보며 속으로 웃었다.

성혜 마트의 대표는 50대 중반으로 보이는 약간 마른 체형의 남자였다.

사실 그가 대표의 권한을 가지고 있을지라도, 실질적인 권한은 그와 함께 온 성혜 그룹의 브레인, 이용근일 것이다.

옆에 있는 이용근조차도 살짝 당황한 표정이니, 방용현이 올 것을 전혀 예측하지 못했다는 게 확실했다.

하긴 방용현 아니면 장규호가 올 것으로 예측한 민호도 속으로 좀 놀라긴 했다.

과연 방용현이 예전에 바보 같은 모습을 벗어 던지고 성혜 그룹을 압박할 수 있을까?

그건 모르겠지만, 답은 그가 데리고 온 사람에게 있을지 모른다.

5대 마트 대표 모두 머리를 쓰는 사람을 하나씩 붙여 온 것 같았는데, 방용현 역시 누군가를 동반했다.

방용현이 동반한 남자는 눈이 매우 작았다.

과장하면 바늘구멍이라고 할만했는데, 안경까지 써서 어디를 보고 있는지 자세히 관찰하지 않으면 모를 정도였다.

그래서 민호는 차라리 포기했다.

어차피 다른 사람에게 신경 쓸 필요는 없었다.

지금부터 자신이 아닌 우성영이 비즈니스 센터로 들어가 활약을 해줘야 했기에, 그를 한구석으로 들어가 다시 한 번 오늘의 전략을 알려주었다.

"우지점장님, 양쪽 마트가 결코 손을 잡지 않게 하는 겁니다."

"알았어, 알았다니까. 원래 그거… 내가 정말 잘하는 거라고. 걱정 붙들어 매. 하하하."

민호는 큰소리를 탕탕 치는 우성영이 약간 미덥지 못했다.

하지만 큰 걱정은 하지 않았다.

일단 성혜와 홈 마트가 극적으로 타결될 리도 없지만, 그럴 분위기가 생기면 바로 나와서 자신에게 알려달라고 우성영에게 거의 세뇌하다시피 주입했기 때문이다.

우성영은 그 나름대로 이간질에는 자신 있었다.

한때 구인기 과장과 강태학 대리를 잘 구슬려서 뒤편에서 민호를 깐 적이 생각났다.

유일하게 실패했던 사람은 바로 종섭.

아직도 그 싸가지 순위 2위는 '넘사벽'이었다.

아니 오히려 요즘 종섭은 그의 마음속에서 서서히 부상하고 있었다.

만리장성에 해당하는 안재현은 어제 민호에게 속된 말로 발렸으니까.

이제는 종섭이 더 강해 보여서 요즘 순위 조정을 해야 한다는 생각도 가지고 있었다.

그렇게 자신만만하게 센터실로 들어가는 우성영을 보내고 민호는 회의장 밖에서 잠시 앉아 머리를 굴리기 시작했다.

그때 아까 방용현과 같이 온 바늘구멍 눈이 자신을 향해 다가오는 것을 느꼈다.

척. 하고 내민 손은 분명히 악수하자는 것인데, 민호는 마주 손을 내밀지 않고 그를 바라보았다.

"김민호 씨 아닙니까?"

"맞습니다."

"저는 방정구라고 합니다. 아버님께 말씀 많이 들었습니다."

민호는 눈썹 끝을 올렸다.

앞에 있는 사나이가 방용현의 아들일 줄은 예상하지 못했다.

"방 대표님께 말씀 들으셨다면, 저와 악수하고 싶지는 않을 텐데요…."

"아뇨. 전 김민호 씨에게 감정은 없습니다. 오히려 감탄할 뿐입니다. 미국에서 들어왔을 때, 아버지가 당했다는 소식을 듣고 깜짝 놀랐습니다. 아무리 그래도 오랫동안 비즈니스 계통에 계셨던 분인데⋯ 그렇게 쉽게 당할 리는 없다고 생각했죠. 그런데 김민호 씨에게 당한 과정을 처음부터 끝까지 역추적해서⋯."

설명이 꽤 긴 사나이였다.

흡사 설명충을 보는 기분이랄까?

그것을 다 들어야 하는지 심각하게 고민하다가 결국 민호는 손을 내밀었다.

"⋯특히, 면세점 입찰이 있었던 관세청 앞에서 아버지와 성혜 그룹 회장을 압박한 건 신의 한⋯."

"악수하겠습니다."

"⋯수였다고 생각⋯."

민호는 무표정한 얼굴로 아직도 내밀고 있었던 방정구의 손을 꽉 잡았다.

방정구는 전체적으로 앙상하다고 말할 정도로 말랐다.

민호가 힘주어 잡은 손 역시 완전히 마른 나뭇가지를 만지는 느낌이었는데, 심지어⋯

"아아⋯ 아픕니다. 그렇게 세게 잡으시면⋯ 어떻게⋯."

그는 인상까지 찌푸리면서 민호의 손에서 자신의 손을 재빨리 뺐다.

참 특이한 캐릭터였다.

방금까지 인상을 쓰다가 다시 미소 짓는 얼굴을 보면서 민호는 또 한 번 느꼈다.

"아무튼, 만나서 영광이었습니다."

다시 이동하는 방정구.

민호의 시선은 그를 계속 따라갔다.

이번에는 이용근에게 가고 있었기에.

이용근 앞에서도 악수하고 한참을 떠들다가 자리에 앉았다.

민호는 방정구에게 머물던 시선을 이용근으로 옮겼다.

때마침 이용근도 자신을 바라보고 있었다.

그의 눈빛이 이글거리고 있다고 생각되는 것은 민호의 착각일까?

마치,

'널 이겨주마.'

라고 눈으로 말하는 것 같았다.

그 눈빛을 받은 민호는 가볍게 말했다.

'힘은 글로벌 말고 홈 마트에게 빼라고.'

물론 민호 역시 눈으로 하는 말이었다.

안에서 회의하는 것을 기다리다 보면, 무료한 시간이 흘러가게 마련이다.

이렇게 눈싸움을 하는 것도 시간 보내기용으로는 나쁘지 않았다.

그러나 그것도 잠시.

바로 회의장에서 누군가가 나왔다.

방용현이었다.

"정구야…."

그는 살짝 주변을 의식하면서 방정구에게 다가가서 무언가 속삭였다.

무언가 협상 과정에서 조언을 얻을 필요가 있는 눈치였다.

방용현의 이야기를 들은 방정구의 눈빛이 완전히 변했다.

그 모습은 최소한 아까 민호가 보았던 약간 풀어진 모습이 아니었다.

눈빛에 총기를 가득 담고 전달하는 방정구를 보고 만만치 않다는 걸 느꼈다.

얼마의 시간이 흐르고 방용현이 자신감 넘치는 눈을 한 채 일어섰다.

그때 민호는 그곳을 보지 않았다.

정확히 말하면 눈을 감고 있었다.

그렇지만 방용현이 자신을 바라보는 것을 느꼈다.

그리고 잠시 후.

문소리가 나고 그가 다시 들어가는 것 또한 알아챘다.

'합의를 보겠구나.'

민호는 예감했다.

방용현이 나온 이유는 합의를 보기 위한 최종 단계를 아들, 방정구에게 묻기 위해서라고.

아까 본 방정구는 방용현에게 자존심 접고 합의를 유도할 것이 확실했다.

아니나 다를까, 이번에는 우성영이 비즈니스 센터에서 나오며 민호에게 다가 와 속삭였다.

"김 과장… 아무래도 둘이 합의할 거 같아."

"……."

"어떻게 내가 손을 쓸 수가 없더라고."

"괜찮습니다. 어쩔 수 없지요. 아까 방용현이 자기 아들하고 상의했을 때부터 예상했습니다."

"아…들? 아들이라고?"

"네, 저쪽에…."

민호는 방정구를 눈으로 가리켰다.

그러자 우성영 또한 방정구에게 시선을 옮겼다가 다시 민호를 보며 이렇게 말했다.

"아들이란 말이지, 좋아. 일단 내가 다시 최선을 다해볼게."

"……?"

"뭔가 방법이 있을지도 모르겠어."

무슨 방법일까?

이번에는 민호도 포기해야 할 것 같았는데.

아무튼, 그가 방법이 있다니까 속는 셈 치고 믿어보기로 한 민호.

우성영이 다시 들어갔을 때, 방정구가 얼굴에 잔뜩 미소를 지으며 민호에게 와서 말했다.

"어떻게 할까요? 투마트 대표가 우리와 저쪽 성혜 마트와 빨리 합의하기를 바란다는데….."

애는 또 뭘까?

왜 자신에게 와서 미주알고주알 말하는 걸까?

어쩌면 민호의 의도를 눈치챈 것이리라.

그래서 그 의도대로 안 된다는 것을 말해주기 위해서, 즉, 민호의 뜻대로 이루어지지 않는다는 것을 약 올리기 위해서 말을 꺼낸 것이리라.

방정구의 다음 말을 들으면 충분히 그의 의도를 알 수 있었다.

"아버지한테는 적당하게… 못 이기는 척 합의하라고 말씀드렸습니다. 어차피 이렇게 가면 장기적으로 서로 손해 보니까요. 하하하."

현명한 방법이다. 계속 손해 보며 물건을 파는 것은 새로 사업을 인수한 JJ 사모펀드에 부담될 것이다.

다만 민호의 생각대로 돌아가지 않는다는 건 큰 아쉬움이었다.

차가운 머리보다 뜨거운 가슴이 회의장 내에 팽배하며 오늘 결론을 내지 않기를 바랐는데…

쾅!

그때였다.

비즈니스 센터의 문이 열리며 방용현이 밖으로 나왔다.

"안 해? 사과를 안 해? 누가 먼저 시작했는데?"

그는 흥분한 듯이 큰 목소리를 냈다.

그리고 황당한 표정으로 서 있는 방정구를 보면서 흥분이 가시지 않는다는 얼굴로 이렇게 말했다.

"가자, 정구야. 오래 있어봤자 소용없어. 돈 싸움을 하자는 건데… 해주지, 뭐. 성혜 그룹 돈 많나 봐."

"아버지!"

"몰라, 몰라, 몰라. 가자. 빨리 가자고!"

방정구의 예상과는 다르게 일이 진행된 것 같았다.

이용근의 예상과도 다르게 일이 진행된 것 같았고.

잠시 후 성혜 마트의 성 대표도 붉으락푸르락한 얼굴로 이용근에게 다가가서 고개를 흔들었다.

이게 도대체 어떻게 된 상황일까?

민호는 여유 있게 나오는 우성영을 보며 눈을 크게 떴다.

"어… 김 과장, 갑시다. 어차피 우리 글로벌은 상관도 없는 일이었어. 에이, 시간만 낭비했네."

민호는 우성영이 모처럼 자신의 어깨를 감싸는 모습을 보면 느꼈다.

합의가 틀어진 이유는 바로 그 때문이라는 것을.

민호의 감이 정확히 맞았다.

그날 저녁 진짜 삼겹살집에서 술과 고기를 주문하자마자 민호에게 우성영은 자신의 무용담을 털어놓았다.

"알고 봤더니 말이야. 방용현 그 사람… 자네 말대로 완전히 콤플렉스가 있더란 말이야."

우성영이 오늘 해야 할 일은 양측이 합의하지 못하게 하는 것.

그런데 우성영은 민호만큼 치밀하지도 논리적이지도 못했다.

그가 할 수 있는 방법은…

"약간 치사해지기로 마음먹었지. 내 옆에 성혜 마트 대표가 앉아 있었거든. 잠시 쉬는 시간에 말했지. 아까 방용현의 아들, 방정구… 바싹 마른 동태 같지 않았냐고?"

"……."

"성혜 마트 대표가 깜짝 놀라더라고? 그 사람은 나에게 '밖에 있는 사람이 방 대표 아들이란 말입니까?' 라고 물어봤지. 난 '당연히 맞습니다. 근데 좀 덜 떨어져 보이는 것 같았어요.' 라고 또 말했고."

민호는 여기까지 듣고도 도저히 이해되지 않았다.

그래도 오늘의 일등 공신, 우성영의 이어지는 말을 계속 들어보기로 결심했다.

"계속 내가 그렇게 말하자, 뒷담화란 원래 맞춰주지 않으면 안 되거든. 결국… 어쩌겠어? 솔직히 방정구의 외모가 깔 게 많잖아. 성혜 마트 대표도 나에게 방정구가 바늘구멍 눈이라고 말했을 때, 내가 목소리를 크게 냈지. '맞아요, 맞아. 방정구 눈이 정말 바늘구멍만 한 눈입니다. 그러니까 이제 덜 떨어진 동태 눈깔이네요.' 라고."

그 이후에 벌어진 일은 간단했다.

방용현이 그 이야기를 듣고 우성영과 성혜 마트 대표를 눈을 잔뜩 부라리며 쳐다보았고, 협상은 쉽지 않았다고 한다.

이야기를 다 들은 후에 민호는 도저히 이해가 안 된다는 눈으로 지금 자신의 무용담을 펼친 우성영을 바라보며 말했다.

"고작 그런 일로…?"

"응. 고작 그런 일로도 가능하지. 왜냐하면 말이야…, 사람은 가끔 아주 쪼잔할 때가 있어. 특히 자기 가족 건드릴 때… 아주 열 받거든. 어차피 되든 안 되든 난 최선을 다해서 치사하게 나가 본 건데… 먹혀서 다행이었지 뭐야. 하하하."

민호는 우성영의 웃음을 보면서 고개를 좌우로 저었다.

아무리 생각해봐도 세상에는 논리적으로 풀기 힘든 일이 많다는 것을 느꼈다.

HOLIC : 그의 직장 성공기

144회. 불타는 금요일

불타는 금요일!

그날은 민호도 소주의 알콜에 젖어들었다.

우성영은 나름대로 장점이 많은 사람이었다.

물론 민호의 입장에서다.

처음에 우성영은 민호가 삼겹살을 먹으러 가자고 했을

때, 꽤 거리를 두었다.

우성영이 알고 있는 삼겹살은 룸살롱이라는 은어에서 파

생된 일종의 암호였기에.

그러다 진짜 삼겹살을 먹으러 가서 민호가 소주를 권하

니 슬슬 풀어지기 시작했다.

원래 싸가지 순위가 1위 안재현, 2위 이종섭, 3위 김민호였는데, 안재현은 저번에 민호에게 당했고, 자신의 앞에서 민호가 부드럽게 변하니 이제 종섭만 원 톱으로 남았다.

기분이 좋아서 자신도 모르게 그 말을 입 밖에서 뱉어내는 우성영.

"이제 자네는 순위권 밖이야. 하하하."

"네?"

"아, 그런 게 있어. 이종섭이 독보적인 1위고… 자네는 순위 안에 들지 못해."

민호는 알딸딸한 기분에 자신이 종섭보다 못하다는 그의 이야기를 듣고 슬슬 기분이 나빠졌다.

그러나 오늘 우성영이 한 일이 작지 않아서 참았다.

그때 구인기가 드디어 삼겹살 집에 도착했다.

아까 우성영이 그를 불렀는데, 이제야 여기에 온 것이다.

"어이구, 얼마나 드셨어? 벌써 김 과장은 얼굴이 빨개졌네. 하하하."

오자마자 민호의 얼굴을 본 구인기는 테이블 위에 소주두 병이 있는 걸 보고 고개를 갸웃거렸다.

우성영을 바라보며 눈으로 물었다.

술 더 먹었냐고?

우성영은 고개를 저었다.

그나마 저기 있는 두 병 중 하나 반은 우성영이 해치운 것이다.

"저 별로 안 먹었는데, 오늘은 좀 취하네요. 하하하."

이제야 이들의 무언의 대화를 눈치챈 민호는 웃으며 말했다.

그러자 구인기가 그의 어깨를 슬쩍 만지며 이렇게 제안했다.

"2차 가자, 김 과장. 나 밥 먹어서 배불러."

"네? 2차요?"

"응. 오늘 성영이 형님이 한 건 했다면서? 그럼 이 정도로 쏘면 안 되지. 안 그래?"

"저야 쏘고 싶죠. 그런데 저번에도 본부장님이 법인 카드까지 주셨는데, 좀 부담스러워 하시는 줄 알았어요. 그래서 삼겹살 먹으러 온 거죠. 안 그랬다면… 당연히 양주라도 사드려야죠. 하하하."

그 말을 듣고 우성영과 구인기의 눈이 커졌다.

이게 웬 기회인가?

지난번에 당했던 설움을 드디어 한 번에 날려 버릴 수 있는 민호의 발언.

잘하면 목구멍에 낀 때를 술로 벗겨 낼 수 있다고 생각하며 구인기가 우성영에게 눈짓으로 신호했다.

어차피 신호하지 않아도 우성영은 민호에게 말할 참이었다.

그 역시 오늘 자신이 한 성과를 과소평가하는 사람이 아니었으니.

"그… 그럼 가야지… 성의를 무시하면 되나? 당연히 가야지."

"어? 진짜요?"

"응. 솔직히 말하면, 난 그런 거 거부하는 사람이 아니야."

"잘됐네요. 안 그래도 갈 일이 있었는데…."

민호는 우성영의 말을 듣고 미소를 지었다.

사실 아까 희재에게 전화가 왔었다.

방용현에 대한 정보가 있다는 말.

그걸 알아보기 위해서 언젠가 들러야 했었는데, 때마침 전공(戰功)을 올린 우성영의 사기를 북돋아 줄 겸 바로 카페 휴(休)를 향해 출발했다.

민호가 들어가자마자 바로 나오는 사람이 희재.

그녀는 오늘도 다른 디자인의 검은색 옷을 입고 나타났다.

얼굴에 표정이 없기로 유명한 그녀였는데, 지금은 묘하게 미소가 묻어 나왔다.

자신도 주체할 수 없는 기쁨.

그것은 아마도 민호를 보았기 때문일 것이다.

"오셨어요?"

"아, 희재 씨. 룸 하나만 잡아주시고… 양주는 적당한 걸로… 그리고 직원가 아시죠? 하하하."

술을 마신 것 같았다.

얼마나 마신 지 모르겠지만, 약간 흐트러진 민호의 모습
은 그녀의 눈에 더 매력적으로 보였다.

정확히 말하면 접근하기 편했다.

냉정하고 시크하기만 했던 얼굴을 벗어버린 채 자신에게
흐트러진 웃음으로 다가오니 그녀 역시 미소를 짓지 않을
수 없었다.

"당연하죠. 그럼 먼저 들어가세요."

그녀는 6번 룸에 세 남자를 안내했다.

1번 룸을 남긴 이유는 민호에게 줄 정보 때문이었다.

양주 한 잔씩 돌아가고, 두 잔, 그리고 세잔 째를 따랐을
때 구 과장이 앞으로 나가 마이크를 잡았다.

본격적으로 놀기 위해서였는데, 민호가 갑자기 일어섰다.

더 취하기 전에 맑은 정신으로 희재에게 들을 이야기가
있었기에 일어났다.

그걸 보고 구인기가 물었다.

"어디가? 김 과장?"

"금방 오겠습니다. 걱정하지 마십시오. 하하하."

"알았어. 빨리 와."

그렇게 말하고 구인기는 넥타이를 머리에 두른 채 다시
마이크를 잡았다.

우렁차게 부르는 노래에 우성영이 탬버린을 흔들었다.

민호는 그들이 노는 모습을 보면서 6번 룸을 나와 1번 룸
으로 이동했다.

더 취하기 전에 희재에게 정보를 듣는 게 낫겠다 싶었다.

잠시 후 민호가 1번 룸에 들어오자 희재의 눈에 기쁜 빛이 가득했다.

이곳에 그가 오래 머물렀으면 좋겠다는 바람이 마음속에서 마구 솟구쳤다.

그러나 민호는 그녀의 바람과는 달리 '용건만 간단히' 의 표정이었다.

마음속으로 서운함이 드는 건 어쩔 수 없는 일.

금세 미소가 걷혔고, 민호에게 술잔을 주며 이렇게 말했다.

"방정구에 대해서 알아봤어요."

쪼르륵.

술잔이 가득 채워지는 걸 의식하지 못하는 민호.

그만큼 방정구란 인물에 대해서 호기심이 가득했다.

"꽤 대단한 사람이었어요. 갑자기 나타난 것 같았는데… 그게 아니라 어렸을 때부터 유명했었죠. 알아보니 한국 대학교에도 조기 입학을 했고, 나중에 미국으로 건너가서…."

"……"

"존슨의 오른팔이 되었더라고요."

"존슨이라면…!"

"에이스 그룹의 현재 회장이죠."

드디어 완벽하게 실타래를 풀었다!

드디어 JJ 사모펀드와 에이스 그룹의 끈을 찾아냈다!

그래서 그런지 민호는 양주로 가득 찬 술잔을 한 번에 목으로 넘기고 말았다.

"크…."

갖은 인상을 썼다.

목이 화끈했고, 열이 점점 올랐다.

희재에게 더 묻고 싶은 말은 많았는데, 점점 취기가 도는 것 같아 눈을 감았다.

말짱한 정신에 나중에 알아봐야겠다는 생각이 들었다.

또한, 술을 좀 깨고 나서 6번 룸으로 가야겠다고 생각했는데, 자신도 모르게 잠이 들고 말았다.

생각보다 더 과음하긴 했다.

주량이 매우 적은데 독한 양주를 연거푸 마셨으니까.

예전 지민이와도 유미와도 술을 마셨을 때, 먼저 취했던 민호.

오늘은 살짝 눈을 붙인다는 것이 그대로 소파에 몸을 눕히고 말았다.

"……."

희재는 살짝 놀랐다.

순식간에 잠이 든 민호를 보며, 생각보다 술이 약하다는 것을 깨달았다.

그러나 곧 자는 민호의 곁에 다가가서 가만히 그를 들여다보았다.

눈은 꼭 감았고, 그 안에 속 눈썹이 남자치고는 약간 길었다.

코는 평범한 높이에 평범한 크기로 서 있었으며, 호흡을 위해서인지 입은 벌리고 있었다.

지금 보니 확실히 평범해 보였는데, 이상하게 매력적인 얼굴이다.

절대 그의 매력을 이성으로 설명할 수 없었다.

이것은 마음이다. 그리고 그 마음이 그녀의 손까지 이끌었다.

어디로? 그의 얼굴로.

만지고 싶었다. 여자 피부와는 달리 미끈하다거나 부드럽지는 않았지만, 한 번 만진 느낌에 그녀의 몸과 마음이 떨려왔다.

급기야 그녀는 그의 얼굴을 살짝 들어서 자신의 허벅지에 올려놓았다.

수많은 남자들이 탐내던 꿀벅지!

그 푹신함이라면 그를 깨우지 않고 꿀잠을 자도록 할 수 있을 것으로 생각했다.

그런데…

– 나도 그댈 사랑해~ 그대보다 더~ 오래오래~

현재 민호의 상태를 나타내는 전화벨 소리가 울렸다.

그녀는 그가 깰 것이라 여기며 깜짝 놀랐다.

순간적으로 그의 머리를 자신의 허벅지에서 내려놔야

할지 말아야 할지 고민까지 했다.

다행히 그는 미동도 하지 않았다.

술이 이렇게 약할 줄이야.

그녀는 고개를 살짝 저으며 입가에 진한 미소를 지었다.

누군가와 함께 있을 때, 이렇게 행복한 감정을 맛본 게 얼마 만인지 모르겠다.

아니 그런 일이 있기는 했을까?

전혀 그녀의 기억 공간에 이와 비슷한 추억의 감정은 전혀 남아 있지 않았다.

상념, 또 상념.

헌데 그녀의 상념을 깨는 두 번째 전화벨이 울렸다.

"으으음…."

드디어 민호의 입에서 나오는 소리.

그리고 다시 경직된 희재.

그러나 그는 얼굴을 돌리면서 다시 잠을 이루었다.

돌린 방향이 그녀의 복부 쪽이라서 그녀는 야릇한 기분을 느낄 수밖에 없었다.

이대로 시간이 멈추었으면 좋겠지만, 울리는 전화를 경계해야 할 것만 같았다.

손이 닿는 거리에 그의 안 주머니가 있었고, 전화기 전원을 끄기 위해서 민호의 품속으로 손을 집어넣었다.

마지막으로 아직도 울리는 전화기를 뺐을 때…

- 영원한 사랑 유미-

242 **Holic**
: 그의 직장 성공기 **6**

화면에 나타난 이름을 보고 그녀의 동공이 흔들렸다.

그때 두 번째 전화기의 울림이 멈추었다.

하지만 바로 세 번째 울림이 시작되었을 때, 희재의 표정에 변화가 생겼다.

마치 굳은 결심을 하듯이…

그녀는 스마트폰의 통화버튼을 밀었다.

턱. 그때 그녀의 손을 잡는 또 하나의 손.

이 룸 안에 있는 사람은 그녀와 민호 둘밖에 없었으니, 당연히 그녀의 손을 붙잡은 사람은 민호일 수밖에.

"아… 미… 미안해요."

그녀는 자신도 모르게 그에게 사과했다.

그가 언제부터 깼는지 몰라 매우 당황하고 말았다.

물론 민호는 방금 깼다.

그리고 지금도 약간 취해 있었기에, 그녀가 받으려고 한 전화를 본능적으로 막았을 따름이다.

"여보세요."

민호의 본능은 또 하나 있었다.

바로 사랑하는 사람의 목소리를 들었을 때 나타나는 웃음.

"응. 우 지점장이랑 구 과장이랑 술 먹고 싶다고 해서… 종로에 왔어. 저번에 말했지? 그 술집. 하하하."

또 한 번 치명적인 그 미소에 희재의 마음이 송두리째 흔들렸다.

정말 당당했다. 이곳이 어디인지 밝힌다는 것은 하늘을 우러러 한점 부끄럽지 않다는 의미.

그 당당한 표정으로 민호는 통화하며 밖으로 나가겠다는 표시를 했다.

순간적으로 급하게 고개를 끄덕인 희재.

밖으로 나가는 민호의 모습을 보며 그녀의 동공에 물빛이 서렸다.

잠시 후 다시 돌아왔을 때, 민호는 우성영과 구인기에게 집으로 들어가겠다고 선언했다.

솔직히 더 있으면 완전히 필름이 끊길 것 같았다.

그래서 자신의 팔을 붙잡는 그들을 두고 겨우 나온 민호는 카운터에서 계산하며 희재에게 말했다.

"좀 취할 것 같아서, 나머지 궁금한 부분은 나중에 묻겠습니다."

"네… 그러세요."

그녀의 대답에서 약간 힘이 빠졌다고 느낀 것은 민호의 착각일까?

거기까지 신경 쓸 여유는 없었다.

이미 많이 취해버렸고, 카페 휴(休)를 나와서 택시를 탔을 때, 민호는 그만 또 잠이 들고 말았다.

찰나의 순간에서 야릇한 꿈을 꾸었다.

실체를 알 수 없는 여자를 안고 있는 꿈이었다.

자세히 보니 자신이 아는 여자였다.

정유미! 그가 가장 사랑하는 사람.

당연히 그녀를 아는 팔에 힘을 더 주었다.

마치 그녀를 절대 놓치지 않겠다는 듯이.

그때 갑자기 이성이 그를 깨우기 시작했다.

현재 유미와 함께 있다는 게 아무리 생각해봐도 이해되지 않는 상황이었기에.

결국, 의식이 돌아온 민호.

아직 눈을 뜨지 않았지만, 자신의 팔에 누군가가 안겨있는 걸 보고 속으로 약간 놀랐다.

팔에 상대의 부드러운 촉감이 느껴졌다.

확실히 여자였다.

민호가 화들짝 놀라서 눈을 떴을 때!

"잘 잤어, 오빠?"

"헉… 유미야."

그녀는 유미였다.

어떻게 된 일일까?

사물을 인식하기 위해서 시선을 돌렸더니, 생소한 곳이었다.

"우리 집이잖아. 어제 기억 안 나?"

필름이 끊어졌다 이어졌다 하며 민호의 머리에 재생되기 시작했다.

잠시 의식이 돌아왔을 때, 유미의 집을 두드리는 자신의 모습이 그려졌다.

기억을 짜내자 자신의 예비 장인, 정필호가 혀를 차는 모습도 떠올랐다.

그 옆에서 눈을 비비고 자기 방을 양보해줘야 한다며 투덜거리던 예비 처남의 모습도.

하지만 자신에게 꿀물을 타다 주던 예비 장모님을 상기하고 곧바로 미소를 짓는 민호는 이렇게 말했다.

"역시 난 행복한 남자였어…."

HOLIC : 그의 직장 성공기

145회. 소장 김민호

아침엔 해장국이다.

어제 과음한 민호를 위해서 예비 장모가 끓여주었다.

뒷머리를 긁으며 나오는 민호를 보며 정필호가 혀를 찼다.

"쯧쯧쯧, 도대체 얼마나 마셨기에, 지 집도 못 찾아가고…."

"그렇게 많이 안 마셨는데… 제가 주량이 좀 약해서요. 하하하."

"어쭈? 웃어? 아주 그냥… 넉살도 수준급이야, 수준급."

"그 이야기 많이 듣습니다. 직장에서도 긍정적으로 보고 칭찬 많이 하시죠."

민호는 빙그레 웃으면서 자리에 앉았다.

유미 역시 빙그레 웃으며 자신의 옆자리에 앉은 민호를 보았다.

그는 어디에 가져다 놓아도 절대 우울증에 걸리지 않을 것이라고 여겼다.

자기애가 강해서 남이 무슨 말을 하든 머리와 가슴의 필터가 잘 걸러 자신에게 유리한 쪽으로 해석한다.

그게 그의 장점 아닐까?

이렇게 생각하는 걸 보니 유미가 사랑에 빠지긴 푹 빠진 것 같았다.

민호의 옆에서도 한 시도 그에게서 눈을 떼지 않으며 반찬을 앞으로 끌어당긴다든지 맛있는 반찬을 올려다 준다든지…

탁! 탁! 탁!

"에이, 이래서 딸자식 키워봤자 소용없다는 소리를 하는 거야."

결국, 정필호가 식탁에 숟가락을 여러 번 치며 아니꼽다는 듯이 말하자 유미의 행동이 살짝 멈췄다.

하지만 그때뿐이었다.

여전히 유미의 애정행각은 밥 먹은 후에도 계속되었다.

그녀의 아버지가 입던 츄리닝을 민호에게 가져다주었을 때에는 정필호가 눈을 부라렸다.

"다 퍼줘라, 다! 돈도 집도 아주 그냥! 에잉…."

그 말에도 아랑곳하지 않고 유미는 봉투 하나를 들고

나와 민호에게 보여주었다.

"오빠, 이거 봐. 청첩장 드디어 나왔다."

"어? 정말?"

"응. 어제 아버님, 어머님께 갖다 드렸더니, 두 분도 잘 나오셨다고 말씀하셨어."

"그러네. 아주 잘 뽑았네. 하하."

딸자식을 키우면서 아주 어렸을 때 빼고 한 번도 듣지 못한 유미의 간드러진 목소리.

그것이 민호를 향하고 있었을 때, 그는 질투의 주먹을 쥐었다.

부르르르.

"유미야, 버… 벌써 아버님, 어머님이라니? 그런 말은 나중에 결혼하고 나서…."

"아, 맞다. 오빠. 어제 배 안에서 우리 해달이가 발로 찼다."

"…해도 늦지 않…."

정필호는 자신의 발언이 전혀 먹히지 않는 이 바퀴벌레 한 쌍을 보며 어이없다는 눈을 했다.

그러나 어쩌랴?

품 안에 자식인 것을.

마침내 포기하고 담배를 들고 나갔다.

민호는 그 모습을 보며 미소를 짓고 자신의 예비 장인을 따라 나섰다.

그는 엘리베이터를 탄 후 1층을 누르며 이렇게 말했다.

"딸이 좋겠습니까? 아니면 아들이 좋겠습니까?"

"……."

점점 능글맞은 예비사위.

자신의 기분도 모르고 손자일지 손녀일지 모를 성별을 물어보고 난리였다.

그런데 갑자기 머릿속에 그 손자일지 손녀일지 모를 아이의 얼굴이 떠오르기 시작했다.

자신도 모르게 미소가 지어졌다.

유미 닮은 손녀였으면 좋겠다는 생각이 떠오르며 정필호가 입을 열었다.

"당연히 딸이지. 딸 키우는 맛이 아주 좋아."

"그렇죠? 저도 그렇게 말씀하실 줄 알았습니다. 만약 딸이면… 장인어른께서 꼭 이름 좀 지어주십시오."

"응?"

"유미 이름만큼 아주 예쁘게 지어주십시오. 하하하."

"그… 그러지 뭐."

예비 할아버지의 가장 큰 약점은 바로 예비 손주.

민호가 그것을 정확히 찔렀다.

참 여우 같은 놈이라고 다시 한 번 생각했다.

그래도 믿음직한 놈이라는 것도 확실했다.

나가서 담배를 피우고 있는 자신에게 민호는 이런 부탁을 던졌다.

"회사에서 라면 말고 부재료를 계획 중입니다."

"그… 그래? 무슨 부재료?"

"일단은 MSG 쪽으로 생각해보고 있습니다."

"그거라면 정말 좋지. 하하하."

정필호의 입이 찢어졌다.

인공 조미료, 미원이나 다시다 같은 MSG는 라면 스프를 만드는 공정으로 충분히 제조할 수 있었다.

공장을 조금만 확장하고 인력을 동원한다면?

지금보다 더 돈을 벌 수도 있었다.

최근에 인도네시아 물량으로 행복한 비명을 지르고 있었던 정필호.

이제 그것보다 몇 배의 행복한 함성을 내지르고 싶었다.

이게 또 사위 잘 둔 덕 아니겠는가.

그래서 흡족한 미소를 지으며 민호에게 말했다.

"가끔 너무 취해서 집에 가기 힘들면 여기에 들르게. 사위 얼굴도 자주 볼 수도 있고… 이런 사업! 이야기도 하고… 아주 좋아. 하하하."

✢

5개 마트 회담의 결렬이 된 후 마트의 질서가 재편되기 시작했다.

일단 대중들은 이 싸움을 매우 즐기고 있었다.

그들 입장에서는 계속해서 제 살 깎아 먹기를 하는 마트들의 상품을 아주 싸게 구입할 절호의 찬스였기 때문이다.

4월 첫 주 주말.

그동안 시장을 주도해 온 투마트는 자체 조사를 통해 점점 홈 마트와 성혜 마트에게 점유율에서 밀리고 있다는 분석을 얻었다.

따라서 가격 혁명을 부르짖으며 이 판에 끼어버렸다.

형제의 난을 겪은 라떼마트는 더더욱 발 벗고 나서야 할 참이었다.

원래 시장의 2위였던 그들은 형제의 난을 통해 점점 기업 이미지가 하락했고, 이제는 2위와 3위를 왔다 갔다 하던 자리도 위태로웠다.

성혜 마트가 턱밑까지 쫓아왔다는 걸 느낀 그들의 선택 역시 가격 하락.

이렇게 되자 진짜 가격 전쟁이 마트 간에 펼쳐지기 시작했다.

이 모습을 느긋하게 바라보는 건 오히려 글로벌 측이었다.

글로벌의 프리미어 개념은 결코 가격을 다운시키지 않는 이미지였기에, 그들과 동조화할 필요가 없었다.

그렇게 하지 않아도 사실 잘 팔렸다.

처음부터 차별화한 상황이 지금 유리하게 작용했다.

더구나 전통 시장이 버티고 있었다.

외국인들도 자주 찾는 곳이었기에 여러모로 자체 경쟁력 부분에서는 최고라고 불릴만했다.

이게 매우 흡족했던 민호.

그의 얼굴에 미소가 걸리는 것은 당연한 일이다.

이것이 또한 일요일에도 출근하게 된 원동력이 되었다.

그런데 출근하자마자 로비에서 재권을 만난 그는 살짝 놀랐다.

신혼의 단꿈에 젖어 이런 황금 주말에는 절대 회사에 나오지 않으리라고 생각했는데…

"형님, 일요일에 어쩐 일로?"

"어? 너야말로… 혹시 사장님이 불렀어?"

"네? 아뇨. 사장님이 저를 왜?"

"오늘 임원 회의가 있거든. 원래 계획되었던 거야. 근데 네가 온 걸 보고 사장님이 부른 줄 알았지."

"아… 네."

우연의 일치였다.

하지만 그 말을 듣고 민호는 솔직히 약간 소외감을 느꼈다.

언제 자신은 저런 임원 회의에 불려 나올까?

일요일인데도 나오는 게 짜증 날 거라는 생각보다는 임원이나 중역이라는 위치에 빨리 앉고 싶은 마음이 더 커졌다.

아직은 스물아홉.

임원이 되기에는 경험도 나이도 너무 적었다.

그럼에도 불구하고 하고 싶은 일은 많았고, 해야 할 일 또한 적지 않았다.

그래서 세상을 빨리 자신의 손바닥 위에 놓고 굴리고 싶었다.

"그럼 먼저 올라갈게. 늦어서… 하하."

"네, 나중에 봬요, 형님."

무슨 일로 회의가 있는지 물어보지도 못하고 재권을 올려보냈다.

그런데 오늘 회의가 바로 민호 때문에 열린 거라는 걸 알면 그는 깜짝 놀랄 것이다.

박상민 사장은 회의실에 임원들이 모두 모이자 잠시 주의환기를 한 후 본론을 꺼내기 시작했다.

"지난달에 출범했던 그룹의 자회사, 글로벌 푸드가 빠르게 자리를 잡아가고 있습니다. 1/4분기 매출과 순이익은 사상 최고였고, 아시다시피 이렇게 그룹이 안정화된 이유는 기존에 사업에다가, 신약 판매, 마트 등이 순조롭게 제 몫 이상을 해냈기 때문이라고 생각합니다. 하지만…."

"……."

"회사는 더 빨리, 그리고 더 클 수 있다고 생각합니다. 아시겠지만, 작년부터 올해까지 한 사람이 굵직굵직한 것을 거의 다 해냈거든요."

누구를 이야기하는지 이제야 깨달은 사람들.

이제 박 사장이 무엇을 이야기할지 궁금할 따름이다.

"그래서 자회사 하나를 더 생각하고 있습니다. 약간 특수한 종류입니다. 매출이나 이익을 기대하긴 힘들지만, 그룹의 미래를 맡길 수 있는 곳이죠. 바로 경제연구소입니다."

임원들의 얼굴에 각각의 표정이 새겨졌다.

의문의 물음표에서 감탄사까지.

특히, 도대체 경제연구소에서 무엇을 할 수 있느냐는 질문을 얼굴로 하는 임원들도 있었다.

또한, 그동안 박 사장과 교감을 나누었던 대부분 중역은 공감하는 분위기였다.

그들은 기업의 나아갈 방향을 제시하는 경제 연구소야말로, 어쩌면 실질적으로 경영전략을 담당하고 있던 민호가 갈 자리에 적합하다고 생각했다.

다만 불만을 가진 임원들은 말은 하지 않았지만, 아직 어린 민호가 단계를 뛰어넘어 간다는 것에 거부감을 얼굴로 표시했다.

박상민 사장은 그들의 표정을 보면서 다시 말을 꺼냈다.

단 하나라도 의혹이 있어서는 안 된다고 생각했기에, 그들을 설득하려 한 것이다.

그래서 최근 있었던 사건들.

장규호가 다른 목적을 지니고 들어온 것부터, 해킹에 대한 방어까지 임원들에게 설명했다.

드러난 부분이 아닌, 숨겨진 곳에서도 민호가 얼마나

활약하고 있는지를 알려주기 위해서다.

마지막으로 그는 이 말로 마침표를 찍으려 했다.

"고작 스물아홉 살이라는 나이. 연공서열로 보면 말도 안 되는 자리에 배치한다는 걸 저도 잘 알고 있습니다. 그러나 크게 보셔야 합니다. 김민호 과장보다 더 어린 나이에 창업한 사람들을 생각해 보십시오. 예를 들어 페이스북의 주커버그는 불과 스무 살에 나이에 창업해서 지금 업계를 이끌고 있습니다. 젊을 때 능력 발휘할 자리에 있는 것은 날개를 달아주는 거와 같고, 우리 글로벌 그룹은 그로 인해 같이 날 수 있습니다. 그러니… 박수로 그를 환영해주셨으면 좋겠습니다."

짝… 짝… 짝…

가장 먼저 조명회 전무가 박수를 쳤다.

그리고 뒤를 이어 송현우 글로벌 푸드 대표와 우성영 글로벌 마트 지점장, 나준영 이사와 재권도 거들기 시작했다.

그러자 다른 사람들도 분위기에 묻혀 박수를 쳤다.

그렇게 회의가 끝나고 사람들이 밖으로 나왔을 때, 그들은 민호가 밖에 있는 걸 보고 축하의 말을 건넸다.

"어… 김 과… 아니 이제 김 소장님이라고 불러야 하나? 하하하."

"맞습니다. 김 소장이지요."

조 전무의 말을 송 대표가 받았다.

하지만 민호는 영문을 모르는 눈으로 고개를 갸우뚱거렸다.

그는 사람이 모여 있는 자리에서 청첩장을 한꺼번에 주기 편하다고 생각해 올라왔을 뿐이었다.

그런데 김 소장이라니?

순간 지난번에 박상민 사장이 말했던 경제 연구소가 머릿속에 떠올랐다.

그때 툭… 하고 그의 어깨를 치는 재권.

웃으면서 민호를 붙잡고 한쪽으로 가서 지금 상황을 전달했다.

"… 아주 절묘한 시점에 나타났네. 하하하. 어쨌든, 축하한다."

"전 진짜 몰랐습니다. 그냥 지금은… 청첩장 드리려고… 아 맞다… 다들 가 버리시네…."

재권과 이야기를 나누느라 들고 온 청첩장은 한 장도 나누어주지 못했다.

하지만 아쉬운 표정은 없었다.

드디어 날개를 달았다는 얼굴이 민호의 표정에 잔뜩 새겨졌으니까.

그리고 월요일 오전.

인트라넷과 공고문을 통해서 상반기 진급 대상과 조직 개편이 이루어졌을 때, 직원들의 얼굴에 나타난 경악만큼…

민호는 재계에 충격을 줄 계획을 하고 있었다.

그 첫 번째 계획을 실행하기 위해서 사장실로 올라간 민호.

그 자리에는 박상민 사장과 재권이 먼저 와 앉아 있었다.

"어서 와라."

"오, 김 소장 등장이네. 하하하."

재권이 약간 놀리듯이 말했지만, 민호는 가볍게 웃으며 그 말을 받은 후에 입을 열었다.

"드디어…."

"……."

"……."

"L&S 건설을 가져올 때가 된 것 같습니다."

순간적으로 박 사장과 재권의 눈이 커졌다.

HOLIC : 그의 직장 성공기

146회. 밝혀진 비밀들

민호가 언급한 L&S 건설은 원래 성혜 그룹 소속이었다.

더 정확히 말하면 성혜 그룹의 전신, L&S 그룹에서 고인이 된 안판석 회장이 가장 아끼던 계열사 중 하나였다.

한때는 해외 플랜트 사업의 모범기업으로 알려진 L&S 건설.

글로벌 무역상사가 L&S 그룹에서 떨어져 나왔을 비슷한 시기에 L&S 건설도 같이 분리했다.

당시 건설회사의 대표인 유민승은 재권의 누나인 안수현의 남편이고, 현재도 대표로 역임 중이었다.

문제는 L&S 건설이 부동산과 건설 경기가 점점 최악으로 치닫고 있는 상황에서 자금 부족으로 인해 매우 고전하고 있다는 점이다.

그래도 최근에 과천에 있던 땅을 팔아 숨넘어가던 회사에 인공호흡을 했다고는 들었는데…

"그렇게 안 좋은 상황인가?"

박상민 사장은 민호가 L&S 건설을 인수하자는 말에 의문을 느끼며 위와 같이 물었다.

질문하는 그의 표정에 기대감을 품고 있는 것으로 보아 당연히 듣고 싶은 대답은…

"네, 그렇습니다. 만약 L&S 건설을 인수하려면 지금부터 준비해야 합니다."

바로 민호의 확신감에 차 있는 그 말이었다.

고개를 끄덕이는 박상민 사장.

얼굴에 미소가 감돌았다.

L&S 출신들의 공통점은 언젠가 그곳을 되찾아 오는 것.

즉, 성혜 그룹을 다시 가져온다는 로망을 마음속에 품고 있었다.

L&S라는 이름으로 더 오래 살았기 때문에 그렇다.

글로벌이 더 새롭고 더 자기 것 같기는 했지만, 옛것을 품어서 새 포대인 글로벌에 담으면 그만큼 의미 있는 것이 어디 있겠는가.

그런데 그 옆에서 재권이 다른 의문을 가졌다.

"건설 경기가 좋지 않아. 굳이 L&S를 인수할 필요가 있을까?"

재권이 이 말을 묻는 의도는 간단했다.

민호가 무리한다고 여겼기 때문이다. 그것도 자신 때문에.

가끔 민호는 자신에게 말하곤 했었다.

언젠가 성혜 그룹을 다시 찾아다 주겠다고.

그 시작을 L&S 건설로 잡고 있다면, 굳이 그럴 필요 없다는 뜻을 우회적으로 표현한 것이다.

그렇지만 재권이 민호를 잘못 봐도 한참을 잘못 본 것이다.

민호가 무한 이기주의 성격은 아니지만, 그렇게까지 남을 배려하는 성품을 가진 것도 아니었다.

그는 자신의 성공을 위해서 달릴 뿐이며, 현재 글로벌 그룹과 일체화되었다는 느낌으로 일을 하고 있었다.

당연히 L&S 건설을 인수한다는 그 이면에는 다른 의도가 숨어 있었다.

"하락이 있으면 상승세가 찾아옵니다. 그런데 이미 건설 경기가 살아나고, 우리가 필요할 때쯤이면, 인수할 시기가 지나가 버립니다."

"그럼 너는 곧 그 시기가 온다는 뜻이야?"

"네. 그렇습니다. 지금이… L&S 건설의 가격이 가장 내려갔을 때이고, 지금이 바로 인수 준비를 할 적기입니다. 무엇보다도 L&S 건설은 해외 플랜트 사업을 할 수 있는 장비가 있습니다."

해외 플랜트 사업을 할 수 있는 장비.

그걸로 할 수 있는 일이 꽤 많다는 뜻이다.

계획은 머릿속에 있고, 그것을 실천하기 위한 경제연구소는 드디어 본사 건물 13층에 당당히 자리 잡고 있다.

수장인 민호가 플랜트 사업을 준비하고 있다면, 묻지도 따지지도 말고 지원해야 하는 게 박상민 사장의 몫이다.

그는 당장 눈빛을 빛내며 힘을 주어 말했다.

"L&S 인수 준비해. 지원 필요하면 언제든지 말하고."

⚜

한편, 안재현의 오른팔 이용근은 마트의 춘추전국 시대를 냉정한 눈으로 바라보고 있었다.

우성영의 치사한 술수에 말려 방용현이 회의장을 박차고 나간 지난주.

나중에 성혜 마트 대표에게 상황을 전해 들었던 이용근은 우성영의 뻔한 술수에 방용현이 말려들어서 협상이 어그러졌다는 걸 알았다.

그래서 그 날의 협상 결렬을 신호로 마트 업계의 합의는 이제 이루어지지 않은 채 끝날 것 같이 보였다.

즉, 지금부터는 완전한 정글에서 살아남는 자들이 최고 강한 사람이다.

일단 장기전에 대한 손익을 계산하는 이용근.

당연히 물건을 팔수록 손실이기는 해도, 점유율 상승에 대해 나쁘지 않은 결과를 가져오고 있었다.

성혜 마트와 홈 마트의 동반 상승.

4월의 두 번째 주가 되자 점점 다급해지는 쪽은 오히려 이 두 마트가 아니라 투마트와 라떼마트였다.

그동안 시장 점유율만으로 보면 1위는 투 마트, 3위는 라떼 마트였다.

2위와 4위가 각각 홈 마트와 성혜 마트였는데, 자체 조사를 통해서 나온 결과가 꽤 흥미로워서 이용근은 안재현에게 이것을 보고하러 들어갔다.

"점유율 1위? 우리가?"

"그렇습니다. 물론 손실액도 크지만, 이것이 시사하는 의미는 작지 않습니다. 이제는 굳이 출혈을 감수하며 치킨 게임을 하지 않아도 되니까요."

"흠…."

"제가 그쪽 사람과 만나보겠습니다. 그때 비즈니스 센터에서 저에게 연락처를 준 사람이 있었습니다. 그… 방용현의 아들이라면서…."

방정구를 말하는 것이다.

방정구는 이용근에게 따로 둘만 만나 협상하자며, 연락처를 주고 급히 그의 아버지에게 붙잡혀 나갔다.

"이번에 나가서 JJ 사모펀드의 실체도 한 번 떠보려고 합니다. 지금까지 조사한 바로는 한국계였던 그 펀드의 자금이 외국에서 흘러들어왔다고….."

이건 합법적으로 조사한 것이 아니었다.

당연히 블랙 해커 김명철의 도움을 받아서 나온 것이었다.

그가 어떤 루트를 이용했는지는 일부러 모르는 척하는
게 상책.

나중에라도 법적 책임을 덜 지고 싶다면, 차라리 자신도
회사도 정보만 받는 게 훨씬 나은 선택이었다.

어쨌든, 그가 알아낸 정보에 따르면, 그 외국이 어딘지는
꽉 막혀 있었고, 정기적으로 자금이 투입되는 것은 확실하
다는 것까지 전해 들었다.

이제 더는 파악하기 쉽지 않다는 대답을 얻은 후에 이용
근은 벽을 만난 느낌으로 안재현에게 경과를 보고했다.

잠시 후 가만히 턱을 만지면서 이용근의 말을 들었던 안
재현이 드디어 입을 열었다.

"이 실장."

"네, 회장님."

"과정을 너무 파는 거 아닌지 모르겠다."

"네?"

"때로는 답을 정해 놓고 맞춰보면 문제가 되게 쉽거든.
난 사실 그 방법을 자주 써."

지독한 결과 주의.

결론을 맺고 그것에 초점을 맞추라는 이야기인데, 이용
근은 안재현의 말을 완벽하게 이해하지 못했다.

머리 좋은 사람의 특징은 모든 톱니바퀴가 맞아 떨어져야 답이 나온다는 것이다.

그랬기에 과정 없이 결과로 하나씩 유추한다는 것은 쉬운 일이 아닌 일이었다.

그렇게 성장하지 않았던 이용근의 냉정한 머리가 안재현의 말대로 빠르게 작동하려면 시간이 필요했다.

그때 이용근의 머리에 지난번 비즈니스 센터에서 5개 마트 회의 결과가 떠올랐다.

치밀하게 계산한 것보다 우성영의 돌발적이면서 치사한 작전이 먹혔다.

그렇다면 지금 안재현도 간단하게 감으로 무언가를 꿰어 맞추려고 하고 있는가.

혹시 JJ 사모펀드 뒤에 버틴 실체를 감으로 느끼고 말하는 것일까?

그것보다는 단 한 사람의 이름을 입에 실었다.

"김민호."

"네?"

"걔가 답을 알고 있을 거야. 하는 짓이 수상하잖아. 안 그래?"

"……."

안재현의 뱀눈이 번뜩였다.

이런 일은 이용근보다 신지석이 전문이라고 생각되었는가.

홀릭 265

민호에게 뒤를 붙인다?

신지석이 부리는 하수인을 통해서 충분히 가능할 듯싶었다.

생각이 났다면 바로 실행하는 게 안재현의 장점.

"신 실장."

"네, 회장님."

"김민호 뒷조사 가능한가?"

"그… 그게…."

신지석은 이런 종류의 대답을 안재현이 싫어한다는 걸 알면서도 어쩔 수 없이 망설였다.

그럴 수밖에 없었다.

이미 안재현이 명령을 내리지 않아도 몇 번이나 시도해 본 적이 있었다.

그러나 교묘하게 방해받아 항상 실패했다.

이 때문에 확실히 대답했다가, 안재현의 지시를 수행하지 못한다면 불신만 더 쌓인다.

그렇게 대답을 망설이는 사이에 이용근이 말했다.

"그럼 제가 한 번 만나보겠습니다."

"……?"

"제가 김민호를 만나서 답을 아는지 직접 물어보겠습니다."

그 말을 듣고 신지석은 어이가 없었다.

잠시 의심까지 했다.

이용근의 아이큐가 160이라는 것.

그거 사실 조작이 아닌지 말이다.

가서 물어보면 답을 알려줄까?

"좋아."

"……!"

그런데 안재현은 미소까지 덧붙이면서 이용근의 의욕을 막지 않았다.

그렇게 해서 이용근은 방정구를 만나는 것을 약간 뒤로 미루고 먼저 민호와 만날 계획을 잡았다.

덕분에 할 일이 없어진 신지석.

안재현이 그를 불쌍히 여겨서였을까?

"신 실장은 그럼… L&S 건설을 파봐. 요즘 거기가 위태 롭다는 소문이 있으니까."

다행히 신지석이 할 일이 하나 생겼다.

그는 기쁜 마음에 자신 있는 목소리로 안재현에게 대답 했다.

"네, 회장님."

＊

같은 시간 민호는 한창 종로 큰손과 이야기를 나누고 있었다.

이번에 나온 청첩장을 건네주러 잠깐 들렀다.

하지만 이곳에 오면 잠시 머무는 건 불가능한 일.

종로 큰 손이랑 말싸움하다 보면 시간이 아주 잘 간다.

대부분 승리는 민호의 것.

노인이라고 봐주는 게 없어서 종로 큰 손은 늘 울상을 지었다.

다행히 오늘은 종로 큰 손이 핑계 댈 일이 생겼다.

민호의 전화벨이 울리자 그는 재빨리 역정을 내듯이 말했다.

"전화받아, 이놈아. 울리는 거 들으면 노망이 더 심해질 거 같으니까…."

"아니 말씀을 하셔도 꼭 그렇게 하십니까? 노망이 뭡니까? 노망이. 치매라는 좋은 말 있지 않습니까?"

"이… 이놈이…."

"잠시만요. 전화 좀 받고 오겠습니다."

모르는 전화번호였다.

최근에 아는 사람이 많아져서 일일이 저장하지 않았기에, 아무리 모르는 전화번호라도 받았던 민호.

지금도 마찬가지다.

"여보세요?"

(아이고… 김민호 소장님이시죠?)

"네, 그런데요?"

목소리는 어디서 들어본 목소리였다.

그리고 민호의 기억력은 컴퓨터 급이었기에 곧 그 목소리의 주인공을 찾아냈다.

홈 마트 대표 방용현의 아들 방정구였다.

(저 방정굽니다. 기억하시죠? 그때 고려호텔 비즈니스 센터에서 인사드렸던…)

"방정구? 방정구라… 아아. 기억합니다. 그런데 무슨 일로 전화하셨습니까?"

늘 그렇지만 민호는 상대에게 부드럽게 다가가지 않는다.

특히나 잠재적인 적이라고 규정한 방정구에게는 그럴 필요도 느끼지 않았다.

(한 번 만나 뵙고 말씀드릴 게 있어서요.)

"저를요?"

(네, 꼭 한 번 뵐 수 있는 영광을 저에게 베풀어 주십시오.)

이건 무슨 사극 흉내를 내는 말투일까?

더구나 굳이 그가 자신을 볼 이유는 없을 텐데…

"그러죠, 뭐."

하지만 민호는 그의 제안을 승낙했다.

그를 만나서 얻을 이익의 계산 보다는 순수한 호기심 때문에 만나는 것에 동의한 것이다.

그렇게 전화를 끊었을 때, 다시 전화가 왔다.

안재현의 오른팔, 이용근이었다.

그 역시 민호와 만나기를 희망했다.

대신 방정구와는 달리 용건을 밝히는 이용근.

(JJ 사모펀드의 배후를 알려드리겠습니다.)

민호의 눈동자가 꿈틀거렸다.

확실히 그가 머리가 좋다는 것 인정.

민호가 안다고도 모른다고도 할 수 없는 상황을 만들었다.

승부욕이 동한 민호 역시 그에게 말했다.

"저도 이용근 씨의 동생에 대해서 알려드릴 게 있습니다."

(……!)

이게 무슨 뚱딴지같은 소리일까?

그의 침묵이 길어지자 민호가 입꼬리를 말아 올렸다.

일단 약속을 잡고 회사에 들어온 민호.

모두 퇴근해서 아무도 없는 13층 경제연구소에서 컴퓨터를 켰다.

지난번 리서치 센터의 컴퓨터에 저장된 〈신상 털기〉를 자신의 컴퓨터에 옮겼다.

컴퓨터를 켜고 오늘 그 파일을 다시 클릭하는 이유가 있었다.

안재현의 오른팔 이용근과 자신의 부하직원 이정근.

이름도 비슷한 둘의 상관관계는…

딸깍, 딸깍.

두 번의 더블 클릭으로 이정근의 파일이 떴다.

*****

이름 : 이정근

학력 : 한국 대학교 경영학과 조기 졸업…

특이사항 : 아이큐 154

(중략)

어렸을 때 부모의 이혼으로 엄마와 단둘이 거주.

이정근의 형, 이용근은 올해 초 성혜 그룹에 스카우트
됨.

*****

파일을 보는 민호의 입가에 미소가 걸렸다.

홀릭

HOLIC : 그의 직장 성공기

147회. 13층

이정근의 신상 파일을 보고 묘한 미소를 짓던 민호.

그의 입가에 걸린 웃음이 갑자기 날아간 건 누군가의 목소리가 들린 이후였다.

"왜 웃으십니까?"

"헉…"

민호는 깜짝 놀라 바로 컴퓨터에서 보던 파일의 창을 내렸다.

시선을 옮겨 앞을 보았을 때, 목소리의 주인공이 자신을 바라보고 있었다.

그는 바로 강태학이었다.

그를 향해 당황해서 내뱉은 목소리가 살짝 민호답지

않았다.

"퇴… 퇴근한 거 아니었습니까?"

"잠시 화장실에 갔다 왔습니다."

"어쩐지… 불이 켜져 있더라니…."

이곳에 들어왔을 때 불이 켜진 걸 보고 살짝 이상하게 생각하던 민호였다.

역시나 강태학은 퇴근하지 않았었다.

그렇다 할지라도 이렇게 조용히 와서 자신을 놀라게 할 줄이야, 전혀 예상하지 못해서 지금도 심장이 약간 벌렁벌렁했다.

그때 의심쩍다는 듯이 강태학의 목소리가 들렸다.

"그런데 혹시… 뭐 보셨습니까?"

"……."

"소리를 죽여 놓으셨습니까? 별다른 소리는 안 들리던데…."

"그… 그런 거 아닙니다."

"그런 거냐뇨?"

시치미 딱 떼는 강태학의 얼굴에 묘한 미소가 피어났다.

그것을 보며 민호는 살짝 인상을 찌푸렸다.

그가 무엇을 예상하고 있는지 다 알고 있기 때문이다.

그러나 민호는 요즘 일부러라도 자극적이거나 말초신경을 자극하는 영상을 보지 않고 있었다.

파릇파릇한 젊은 나이였다.

상상만 해도 '불끈불끈'인데, 임신한 유미를 어떻게 할 수도 없으니 긴긴 밤이 얼마나 괴롭겠는가.

벌써 강태학이 자극해서 상상해 버린 민호는 얼굴을 찡그렸다.

"됐습니다, 됐어요. 맘대로 생각하세요."

민호는 고개를 흔들었다.

변명하지 않는 삶을 살아왔다.

굳이 그가 착각한다고 해서 말릴 생각은 없었다.

강태학은 다시 한 번 묘한 미소를 지으면서 자기 자리로 들어가서 앉았다.

그걸 보고 민호가 말했다.

"퇴근 안 하십니까? 내일 출장 가시잖아요."

"네, 할 일이 있어서요. 지난번 말씀하신 MSG의 시장 점유율 조사가 아직 안 끝났습니다."

"갔다 와서 하세요. 급한 거 아닙니다."

"아닙니다. 모처럼 내리신 엄명인데, 제가 끝내놓고 가야죠."

이제는 자신에게 참 고분고분해졌다.

처음에는 대놓고 민호에게 기분 나쁘다는 음성과 표정을 팍팍 뿌렸었는데.

그래서 민호는 살짝 미안해졌다.

생각해보니 그에게 부탁했던 인공 조미료 관련 자료.

그가 재촉한 것이나 다름없었다.

출장 앞둔 사람에게 그런 말을 했으니 당연히 출장 전날까지 이렇게 일을 하는 게 아니겠는가.

그런데 심지어 이정근까지 퇴근하지 않을 줄은 몰랐다.

사무실에 무언가를 가지고 들어오는 그를 보며 민호의 눈이 커졌다.

"어? 이정근 씨도 퇴근 안 하신 겁니까?"

"아유, 할 수가 없습니다. 아주 그냥… 강 과장님이 저를 엄청나게 부려 먹으시네요."

이정근은 그렇게 말하며 탁! 하고 사온 물건을 내려놓았다.

자세히 보니 컵라면이었다.

"그런 걸로 요기가 됩니까? 나갑시다. 제가 저녁 사드릴게요."

"됐습니다. 그냥 간식으로 먹는 겁니다. 밥은… 이따가 집에 가서 먹겠습니다. 먼저 퇴근하십시오."

강태학은 이번 인사에서 과장이 되었다.

민호의 강력한 추천으로 그 직함을 달았는데, 과장이 되고 나서 더 일 중독자처럼 일하고 있었다.

지금도 저녁을 사준다던 민호에게 거절의 의사를 밝혔다.

잠시 그를 보던 민호는 조용히 일어났다.

그리고 나가면서 배달음식점에 전화를 걸었다.

그는 알고 있었다.

분명히 오늘도 밤늦게까지 일을 할 두 사람에 대해서.

지금 자신이 해줄 건 이것밖에 없다고 생각하니 살짝 씁쓸한 마음이 들었다.

같이 남아서 일을 하고 싶지만, 오늘은 유미와 함께 산부인과에 가는 날이었다.

요즘은 참 바빴다.

결혼 준비하랴, 회사 일 하랴, 지금처럼 산부인과에 같이 가기도 해야 하니 몸이 세 개라도 부족했다.

그래도 유미의 얼굴을 보면 피곤함이 싹 가시기 때문에 산부인과로 가는 자신의 차에 가속기를 더 세게 밟는 민호.

유미의 얼굴을 떠올리면서 하루의 마지막과 시작을 빨리 그녀와 함께하고 싶다고 생각했다.

드디어 종로에 도착한 민호.

적당한 곳에 주차하고 나서 산부인과를 향해 도보로 걸어갔다.

아직 해가 지지 않은 종로의 저녁.

항상 느끼는 거지만, 지나가는 미혼 여성의 눈은 민호에게 가 있었다.

그러나 민호는 전혀 그들에게 눈길을 주지 않았다.

그런데 산부인과에 들어가서 민호의 시선을 빼앗은 한 여자가 바로 보였다.

민호가 가장 좋아하는 C컵 가슴에, 엉덩이에 뽕을 넣은 걸로 의심받을 만큼 매력적이고 풍만한 둔부.

전체적으로 완전히 콜라병 몸매를 가진 그녀의 이름은 바로 정유미였다.

아직 임신 초기라서 그런지 유미의 매력은 전혀 변함이 없었다.

당연히 민호에게 다른 여자 따위는 들어올 리가 없었다.

여기에서 보니 더 매력적인 그녀.

남자는 가끔 그 모습에 끌린다.

특히, 밤에 아주 많이 참은 남자에게는 더더욱.

현재 민호가 그랬다.

밑에서 반응이 오는 걸 가까스로 억눌러 참을 정도였다.

짧은 순간 그는 스스로 묻고 대답하느라 정신이 없었다.

임신 기간에 조심해야 한다는데, 얼마나 오랫동안 조심해야 하는 걸까?

욕망을 억누르기가 힘들 때에는 어떻게 해야만 할까?

유미한테 어떤 식으로 도와(?)달라고 해야 하나?

그느라고 유미가 하는 말도 듣지 못해서 다시 한 번 물었다.

"응? 뭐라고 했어?"

"요즘 회사 일 바쁜가 보네. 그냥… 별거 아냐. 우리 해달이… 오늘은 얼마나 커 있을까? 그게 궁금하단 말이었어."

"요만큼?"

그녀의 말에 엄지와 검지를 저번보다 더 넓게 벌리는 민호.

실제로 아직 태아의 크기는 매우 작았기에 민호의 행동은 과장된 게 아니었다.

그리고 진짜 초음파 검사까지 하니 민호의 손가락 넓이만큼 자란 것처럼 보였다.

모든 검사가 끝난 후에 안경 쓴 여의사가 말했다.

"이번 달에 결혼하신다고요?"

"네, 그렇습니다. 이달 말입니다."

"일단 축하해야겠네요. 그런데… 신혼여행은 가실 건가요?"

민호가 씩씩하게 대답했기에 여의사는 그의 얼굴을 보며 물었다.

하지만 대답은 유미에게 나왔다.

"아이한테 안 좋을까 봐 좀 미루었어요."

"네… 아쉬우셨겠어요."

"아니에요. 괜찮아요."

유미는 미소를 잃지 않았다.

그러자 여의사도 입가에 미소를 그리며 민호와 유미를 보고 물었다.

"혹시 더 물어보실 게 있나요?"

척.

그 말을 기다렸다는 듯이 민호가 손을 들었다.

"말씀하세요."

"임신 중 성관계에 대해서… 알고 싶습니다."

늘 그렇지만, 하고 싶은 말을 거침없이 다 하는 민호.

그날 의사는 민호의 디테일한 질문에 많은 것을 설명해야 했다.

＊

다음 날 아침.

민호는 출근해서 엘리베이터의 13층을 눌렀다.

그리고 도착한 13층.

문이 열리자 민호만의 공간이 눈앞에 펼쳐졌다.

13층을 보면 뿌듯하기 그지없었다.

글로벌 그룹 본사에 새로 생긴 글로벌의 부설 경제연구소.

이곳에서 대한민국의 경제를 자신의 손으로 움켜쥐는 기적과 같은 일이 탄생할 것이다.

물론 아직 글로벌 그룹의 경제연구소는 대한민국의 쟁쟁한 경제연구소와 겨루려면 많은 보완 작업이 있어야 했다.

이를 위해서 민호는 인재 차출에 대한 무소불위의 권력을 쥐고 있었다.

내부와 외부 가릴 것 없이 언제라도 최고의 인재라면 13층의 경제연구소로 끌어들일 수 있는 민호.

그가 출근하자 강태학과 이정근, 그리고 송초화가 그에게 인사를 했다.

"오셨습니까?"

"안녕하세요."

"소장님, 출근하셨습니까?"

이제 그에 대한 호칭은 소장으로 바뀌어 있었다.

계열사 대표의 위치는 아니지만, 언젠가 부설 경제연구소는 본사에서 나가 독립할 것이 확실했다.

그러므로 소장은 곧 부장 이상의 중역이었다.

민호의 위상이 그 호칭 하나로 단번에 변했다.

이 때문에 종섭은 배가 아파 절대 13층 근처에도 오지 않는다고 선언했다.

그 역시 이번에 차장으로 승진했지만, 민호에 비견될 바 못 된다.

기본적으로 깔린 경쟁의식.

더 높은 곳을 향한 열정으로 승화되리라.

물론 민호는 그를 경쟁자로 생각하고 있지 않았기 때문에 신경도 쓰지 않았다.

그가 지금 신경 쓰는 것은 바로 인사이동이다.

경제연구소에 배속될 인재들.

상반기 신입사원은 다 뽑았기 때문에, 특채로 외부인재를 섭외하거나, 내부에서 가능성이 높은 사람들을 데려다 놓을 수 있는 민호였는데, 곧 재권이 와서 몇 명을 추천했다.

"이 사람들의 기준은 뭡니까?"

"아, 그거… 너한테 딱 맞을 사람들이지. 정말 엄선하고 엄선한 사람이야. 거기 보면 알겠지만, 자원팀의 공영창 대리와 해외영업팀의 서명환 대리는 너랑 딱! 맞을 거 같아."

"……."

민호는 왠지 그가 추천한 그 두 사람이 싸가지가 없을지도 모른다는 예감이 들었다.

그래서 묻는 말.

"혹시 그 두 사람을 추천한 분은 그쪽 팀의 과장들인가요?"

"어? 어떻게 알았어? 그분들이 말하기를 아주 똑똑한데다가 당차다고… 그래서 너랑 여기 경제연구소에 있는 강 과장이나 이정근 씨하고는 아주 잘 어울린다…."

"됐습니다."

"…고 말씀들… 엥?"

민호가 중간에 말을 끊어먹자 재권은 살짝 당황했다.

하지만 민호는 그가 추천한 사람의 면면을 보며 속으로 고개를 흔들었다.

분명히 강태학이나 이정근과 비슷한 성향의 사람들일 것이다.

그 팀에서도 아마 잦은 충돌과 소외된 인간관계를 맺었기에 '방출'에 가까운 추천일 것이고.

"차라리 조정환 씨를 데리고 오겠습니다."

"그… 그건…."

"왜요? 어차피 사장님이 사람 차출에 대해서는 마음대로 하라고 하셨습니다."

"알지, 나도 들었으니까. 그런데…."

"……."

"조정환 씨는 유통본부에서 아주 잘 적응하고 있어. 아마 이 차장이 안 내줄 거란 말이야."

여기서 말하는 이 차장이란 종섭을 말하는 것이리라.

민호의 눈썹 끝이 올라갔다.

그가 반대한다면 더 데리고 오려는 마음이 솟구쳤다.

"뭐… 그건 그쪽 사정이고요. 다만 조정환 씨가 빠져도 잘 돌아갈지 확인해보고 인사이동 신청하겠습니다."

"……."

재권은 난감한 표정이 되었다.

그러나 민호가 한번 말한 것은 웬만하면 바꾸지 않으니 더 설득할 수 없다고 생각하며, 6층 유통본부에 내려와서 종섭에게 이야기를 꺼냈다.

"네? 안 됩니다."

"이봐, 이 차장. 어쩔 수 없어. 그리고 조정환 씨는 아직 신입 티도 못 벗은 사람이잖아."

"그래도 안 됩니다."

완강히 고개를 젓는 종섭.

정환이 요즘 빠릿빠릿하게 일을 잘 배우고 있기에 절대 내줄 수 없다고 생각했다.

쉬운 일은 하나도 없다는 표정을 짓고 있는 재권에게 다가온 사람은 구인기였다.

그 역시 이번 인사에서 차장으로 승진했다.

그리고 그는 종섭과는 달리 자존심을 발바닥에 붙이고 다니는 사람이었기에 이렇게 말했다.

"전 언제든지 오케이입니다."

"……?"

"김민호 소장님 밑에서 일하고 싶거든요. 물론 안 본부장님 밑에서 있는 것도 좋지만… 제가 워~낙 도전을 좋아하는지라… 하하하."

어떤 줄을 잡을지 늘 계산하는 구인기.

이번에는 확실히 예감했다.

민호의 줄이 글로벌에서 가장 튼튼하다는 것을.

홀릭

HOLIC : 그의 직장 성공기

148회. 쳐들어가다

떡 줄 사람은 생각도 안 하는데, 혼자 김칫국을 마신다는 그 말.

구인기 차장에 대해서 민호는 단 한 번도 경제 연구소에 어울린다는 생각을 해본 적은 없었다.

차라리 전형적인 영업맨이라는 확신은 가졌다.

그래서 두 개로 분류한 파일에 이미 구인기 차장은 '경제연구소에 차출 검토가 필요하지 않은' 인력으로 구분되었다.

재권이 내려가고 나서도 민호는 여전히 바빴다.

오늘은 퇴근 후에 이정근을 만나기로 했기에, 그 이전에 많은 인사 자료를 살피는 게 민호의 목표였다.

기본적으로 인사팀에서 보낸 자료와 찌라시 공장에서 조사한 자료 모두를 꼼꼼히 검토하는데, 시간이 매우 부족했다.

더구나 인사 자료만 봐서는 알 수 없었다.

데이터를 작성하는 사람의 개인적 편견이 들어가 있었기에, 사람을 만나는 게 더 중요했다.

거기다가 자신이 필요한 모든 걸 다 갖춘 사람이라 할지라도 그 사람이 소속된 팀에서 빠지게 될 이후까지 생각해야 했다.

무작위 차출로 벌어질 예측들.

결국, 회사를 위해서 하는 것인데, 회사의 업무에 타격을 주면 안 되니 머리가 복잡한 건 당연한 일.

민호의 머리는 쉼 없이 돌아가고 있었다.

잠시 휴식할 계기를 주는가.

출근 준비를 끝낸 강태학과 이정근이 그의 앞에 섰다.

이번에 드디어 대리에서 과장으로 승진한 강태학은 푸석푸석한 얼굴로 민호에게 해외출장계획서를 내밀었다.

그는 완벽주의자다.

드디어 인도네시아 출장 준비가 끝나고 마지막으로 민호에게 이 출장계획서의 면면을 검토받기 위해서 내민 것이다.

민호는 그가 내민 보고서를 스윽 한 번 훑어보더니 눈빛을 빛내며 말했다.

"수면 시간이 너무 적습니다."

"그죠? 아 정말 내가 강 과장님 때문에 미칠 것 같습니다. 소장님, 이거… 출장 꼭 같이 가야 합니까?"

최근 들어 상사의 호칭을 이제야 제대로 하기 시작한 이정근이 칭얼대듯이 민호에게 말했다.

하지만 표정의 변화는 민호도 강태학도 없었다.

오히려 강태학은 민호의 말도 받지 않고 할 말만 이어갔다.

"제가 하던 일은 송초화 씨에게 맡겼습니다."

민호는 고개를 끄덕였다.

강태학이 말한 건 글로벌 푸드에서 새롭게 만들어 낼 인공 조미료의 시장 점유율 조사와 틈새시장 선점에 관련한 자료를 말하는 것이다.

송초화에게 맡겼다는 이야기는 약 90% 진행한 것에 단순 업무가 남았다는 것이리라.

민호가 일 중독자지만, 강태학 역시 마찬가지다.

일을 좋아하는 건지, 일에 대한 사명감이 남보다 뛰어난 건지 어젯밤을 새운 것이 분명했다.

그의 눈가에 다크서클이 긴 밤의 과로를 증명해주고 있었다.

그 옆에서 이정근은 죽겠다는 표정으로 찢어지게 입을 벌리며 하품했다.

그 역시 같이 밤을 새웠다는 걸 민호는 이미 알고 있다.

"조금만 참으십시오. 인력 충원이 되면 업무 부담이 줄 어들 거예요."

말은 그렇게 했지만, 실제로 업무 부담이 줄어들까?

자신이 본 강태학은 일을 만들어서라도 하는 사람에 속했 기에, 아마도 여전히 야근에 밤샘을 밥 먹듯이 할 것 같았다.

물론 상사 잘 못 만난 이정근도 일복이 터질 게 분명했고.

인도네시아에서 어떤 일이 벌어질지 눈에 선했다.

강태학의 뒤를 불평하면서 쫓아다니는 이정근의 모습.

그러나 민호는 이정근에게 단순히 싸가지 없는 단면만 보면 절대 안 된다는 걸 말하고 싶었다.

불평불만을 내뱉는 것 같지만, 한 번 자신이 소속되었고 따르기로 마음먹는다면, 내치기 전에는 끝까지 간다.

그게 이정근에 대한 민호의 간략한 소견이다.

심지어 그가 이용근의 동생이라는 점은 전혀 거치적거리 는 일이 아니었다.

처음에 강성희가 조사한 〈신상 털기〉 폴더, 이정근 파일 에서 둘의 형제 관계를 알았을 때, 민호는 일부러 그를 리 서치 센터에 데리고 왔다.

처음에는 눈에 잘 보이는 곳에 놓고 감시할 목적이었다.

때마침 강태학도 추천했었다.

말은 가르쳐보겠다고 했지만, 민호는 의아해할 수밖에 없었다.

강태학이 웬만해서는 다른 사람에게 정을 붙이지 않는다

는 점 때문이다.

그래서 계속 살펴본 이정근.

확실히 능력이 있었다.

그런데다가 생각보다 훨씬 입이 무거웠다.

사이 좋지 않은, 그리고 남보다 못한 형제, 이용근을 따로 만나지도 않았다.

결정적으로 얼마 전 구의 시장, 제육 덮밥집에서 이용근을 만나 나누던 어조에는 증오까지 섞여 있었다.

다른 사람은 모르지만, 민호는 그 둘이 형제라는 걸 알았기에 주시해서 표정을 살피며 내린 결론이었다.

그러나 무턱대고 이정근을 다 믿을 수는 없었기에, 이번에는 이용근을 만나서 탐색하는 시간을 가졌다.

어차피 그가 먼저 만나자는 전화를 했다.

약속 시각과 장소는 민호에게 정하라고 말했기에, 민호는 당당하게 정했다.

바로 성혜 그룹 본사에서 만나기로.

약간 당황하는 목소리였지만, 이용근이 동의했다.

단지 상대가 당황할만한 상황만 연출하면 아무 소용이 없었다.

상대를 당황하게 할 수 있는 거래 조건까지 마련하는 게 진정한 반전 아니겠는가.

그런데 상대를 깜짝 놀라게 할 패를 너무 많이 가지고 있는 게 문제였다.

따라서 민호가 얻을 것은 정보가 아니라 '돈'으로 환산할 수 있는 것들이다.

그것을 목표로 출발한 민호.

성혜 그룹은 아예 처음 가보는지라 네비게이션이 안내하는 대로 본사에 도착했을 때, 발레파킹을 하러 나오는 사람 하나가 보였다.

차에서 내리자 그는 고개를 숙이며 말했다.

"김…김민호 소장님이십니까?"

당황하는 말투.

그럴 수밖에 없었다.

약속 시각보다 한 시간 먼저 도착했다.

"그렇습니다."

"키 주십시오. 제가 안전하게 주차하겠습니다."

"……."

민호는 무표정한 얼굴로 키를 내주었다.

그러면서 생각한 것.

경차를 대리주차해 본 적은 있을까?

아마 흔한 경험은 아닐 것이다.

경차에 타서 지하주차장으로 끌고 가는 그의 모습을 보며 어이없는 미소까지 짓는 민호.

정문을 통해 로비로 들어가서 건물을 둘러보았다.

그때 저쪽에서 부리나케 오는 신지석의 모습이 보였다.

"오…셨습니까?"

"네. 굳이 이렇게 안 나오셔도 되는데…."

"오시기 전에 전화라도 주시지…."

굳이 그래야 할까?

상대방을 당황하게 해야 무언가 얻어내기가 더 쉬운 법.

민호는 본능적으로 승리하는 방법을 잘 알고 있었다.

약속 시각보다 먼저 도착한 게 바로 그 증거 중 하나.

안재현이나 이용근은 민호에 대응할 준비를 한 시간 손해 보게 된다.

"일단 따라오시면, 접견실로 안내하겠습니다."

자신을 따라오라고 말하는 신지석의 얼굴에 당황함이 깔렸다.

그것을 보고 민호는 흐릿한 미소를 지었고.

서두르는 것 같지만 될 수 있으면 발걸음을 빨리하지 않으려는 신지석의 수 역시 민호의 눈에 보였다.

아무리 그래 봤자 크게 민호의 발걸음을 늦출 수는 없을 텐데.

속으로 그렇게 생각하며 민호가 느물느물 입을 열었다.

"오늘 약속이 하나 더 잡혀서… 그래서 일찍 온 겁니다."

"아… 그러신가요?"

"네. 아시겠지만, 우리 같은 샐러리맨은 퇴근 후에 일하는 걸 가장 싫어하지 않습니까? 그런데 약속이 두 개나 잡히다니요? 먼저 약속을 취소할 수도 없고, 뒤의 약속도 취소할 수 없는 거라서… 아, 접견실은 6층이죠?"

민호는 엘리베이터에 타자마자 6층을 눌렀다.

옆을 보니 신지석은 땀까지 흘리고 있었다.

자신을 마중하기 위해서 달려왔나 보다.

접견실에 들어갔을 때, 이용근 역시 약간 당황한 기색을 보였다.

생각보다 더 빨리 온 민호가 원인이 된 상황.

그러나 곧 침착함을 되찾고 민호에게 자리를 권했다.

그가 권한 자리에 앉자마자 민호는 용건을 꺼냈다.

"제가 좀 바빠서요. 서로 재고, 패 꺼내고, 딜하고… 이런 과정 시간 너무 걸립니다."

"……."

"어때요? 원하는 거 하나 물어볼 때마다, 제가 원하는 거 하나 말하는 거. 물론 들어줄지 안 들어줄지는 그쪽에 달려 있습니다."

들어올 때부터 지금까지 민호의 행보는 '성큼성큼'이다.

사실 의도했던 것이다.

아무리 이용근이 머리가 좋더라도, 아무리 그가 나이가 더 많더라도, 민호는 이제 경험까지 쌓은 사람이다.

진주만 기습처럼 급작스럽고 파괴적인 자신의 공격에 중심을 잃기 시작하면 생각했던 것보다 더 많은 것을 얻을 수 있으리라.

그나마 이성이 강한 이용근이었다.

"그래서요? 뭘 얻고 싶습니까?"

곧바로 대응할 방법을 머리에서 찾기 위해 노력하면서, 자동으로 입에서는 민호를 떠보기 시작하는 말이 새어나오고 있었다.

"제가 제일 얻고 싶은 건 아마 여기 주인 양반이 아실 겁니다."

"......?"

"바로 여기 건물 포함해서 성혜 그룹 전체!"

"......!"

"뭐, 달란다고 그냥 줄 건 아니니까, 제가 직접 제힘으로 빼앗을 건데… 지금은 주식이 좀 필요합니다."

주식이라…

이용근의 머리도 쉴 새 없이 계산하고 있었다.

그는 안재현이 민호에게 계속 성혜로 오라고 제안하는 것을 직접 목격했다.

처음에는 라이벌 의식을 느꼈지만, 잠시 감정이 이성을 앞섰기에 든 생각이었고, 지금은 아니다.

오히려 안재현의 말처럼 민호가 이곳으로 오면 더 큰 성혜 그룹을 만들 수 있을 거라고 여겼다.

물론 그렇다고 민호를 인정하는 것은 아니다.

그가 오더라도 당연히 자신의 아랫사람으로 와야 했다.

그런데 아까부터 지금까지 이 건방진 녀석은 자신의 머리 꼭대기에 앉아 있으려고 했다.

맘에 들지 않았다. 민호에게 끌려다니는 것 같아서.

그래서 자신이 당황했던 만큼 그를 당황하게 만들고 싶었다.

잠시 시간을 두고 생각하니 지금 민호를 당황시킬 무언가가 갑자기 머릿속을 지나갔다.

"L&S 건설 주식 말이군요."

그런데 민호는 그의 생각과는 달리 당황하지 않았다.

오히려 당당하게 선전포고하듯이 더 힘을 주며 말했다.

"맞습니다. 그거… 성혜 그룹에서 약간 가지고 있잖아요. 계열 분리할 때, 무슨 생각인지 파시지도 않았고. 그게 갖고 싶습니다. 그걸 주시면 말해드리죠. JJ 사모펀드. 알고 계시는 것보다 더 많은 부분을! 주식이 바로 넘어오는 그 순간! 바로 알려드리겠습니다."

민호의 미소가 점점 진해졌다.

당연히 성혜 그룹, 즉, 안재현은 L&S 건설을 팔지 않았다.

언젠가 다시 찾아올 생각이었기에.

그것을 씨앗 삼아 차츰차츰 늘려서 다시 건설 회사를 흡수하는 게 안재현의 또 다른 계획이었다.

그걸 알면서도 다시 한 번 능글맞은 모습으로 내놓으라고 하는 민호.

이용근은 회사에 입사해서 처음으로 벽을 맞는 느낌이었다.

안재현의 인정을 받는 민호에게 밀리고 있다는 생각 때문에 더더욱 자존심이 상했다.

심지어 그는 자신과 이정근의 관계까지 다 알고 있었다.

그러면서 그에 관해 단 한마디도 하지 않았는데, 그게 이용근을 심리적으로 더 위축되도록 만들었다.

그 절묘한 순간에 문이 열렸다.

두 사람의 시선이 돌아가고…

드디어 이곳 성혜 그룹의 끝판왕 안재현이 등장했다.

그는 냉정한 미소를 입에 물고 민호에게 말했다.

"장기 둘 줄 아나? 내기 장기 한 판 어때?"

HOLIC : 그의 직장 성공기

149회. 장기 한 판

갑자기 들어와서 내기 장기를 두자는 안재현을 보며 민
호는 조용히 미소 지었다.

"뭘 거실 겁니까?"

"제육 덮밥."

"좋습니다."

기껏 내기 장기에서 제육 덮밥이라니?

옆에서 보는 이용근과 신지석은 어이가 없었다.

하지만 안재현은 아랑곳하지 않고 신지석을 바라보았다.

빨리 장기판을 가져오라는 뜻이었다.

그렇게 해서 예정에도 없는 내기 장기가 시작되었다.

"미리 말씀드리지만, 제가 장기 초보자입니다."

"잘 됐군. 농락하기 좋으니까."

사실 민호는 장기의 경험이 거의 없었다.

예전의 기억을 되돌려 보면 항상 지기만 했던 게임.

흥미가 생기지 않아, 어느 순간 장기를 쳐다보지도 않았
다.

그래서 지금 만약 안재현이 내기에서 큰 걸 걸려고 했다
면, 민호는 승낙하지 않았을 것이다.

그런데 이렇게 내기 장기를 수락한 이유.

지금은 좋아진 머리에 대한 자신감도 붙었거니와, 적지
에 와서 꿀리기 싫은 마음이 작용했다.

"초보자에게 지면 더 수치스러운 건 아시죠?"

"네 머리 좋은 건 아는데… 미안하지만, 장기는 머리로
하는 게 아니야."

여전히 대화하는 두 사람.

자신의 승리를 장담하고 있는 뉘앙스.

이런 게임에서도 그들의 승부욕을 엿볼 수 있었다.

지는 것에 둘째가라면 서러울 그들이 붙었으니, 겨우 제
육 덮밥 내기일지라도 장기판 안에 기세가 남달랐다.

그래도 확실히 민호가 경험이 없기는 한 것 같았다.

초반에 어떤 장기 알을 어디에 두느냐에 따라 장기 두는
사람의 성향을 알 수 있는데, 안재현이 졸을 앞으로 옮기
자, 민호 역시 앞으로 밀었다.

옆에서 보는 이용근은 저건 전략적인 게 아니라 순간적인

반응일 뿐이라고 생각했다.

실제로 그 이후에 민호는 안재현을 몇 번 따라했다가, 본격적으로 밀리고 있었다.

이용근은 자주 안재현과 장기를 두어봤던 사람이다.

안재현의 성향이 매우 공격적이라는 걸 알고 처음부터 펼쳐지는 한 수 한 수가 어떻게 돌변하는지 예측할 수 있었다.

그래서 앞으로 십 수 이내에 민호는 외통수를 맞으리라는 것도 그의 예측 범위에 들어가 있었다.

더구나 안재현은 민호의 신경을 계속 건드리고 있었다.

"L&S 건설 주식이라… 그걸 내가 포기할 이유가 없다."

말수가 많은 사람이 아니다.

이렇게 민호가 관심을 가질만한 사항으로 자극한다면, 민호의 입에서는 실수로 정보가 나오거나…

아니면 서투른 장기에서 그나마 머리로 극복하고 있었는데, 완전히 밀릴 수밖에 없었다.

'겨우 제육 덮밥 따위'라고 생각한다면, 민호의 승부욕을 몰라서 하는 말이다.

방금 안재현이 한 말을,

"포기하지 마십시오. 그만큼 더 손해를 보실 테니까요. 타임 이즈 골드. 들어는 보셨겠죠?"

라고 말하며 받는 것만 들어도 표시가 난다.

그가 한낱 말싸움조차 소홀히 하지 않고 이기고 싶어한다는 걸.

그때 탁!

안재현이 장기알을 두는 속도와 세기가 더 빠르고 강해졌다.

"그만한 가치가 있다는 말이지? 내가 JJ 사모펀드의 배후를 아는 것과 L&S 주식을 바꾸는 거와…."

"그건 제가 판단할 문제가 아니라서… 어쨌든 지금 이 상황에서는…."

"……."

"제가 갑이죠!"

탁!

이번에는 민호 차례다.

수비를 버렸는가? 갑자기 공격적인 위치에서 밀고 나가기 시작했다.

그걸 보고 이용근의 머리에서 혼란이 왔다.

듣도 보도 못한 수가 펼쳐지고 있었으니.

몇 수 안에 장군을 받을 텐데, 정말 초보자란 말인가.

순간 안재현이 그 수를 보며 말하는 게 들렸다.

"이곳에 와서 자신이 갑이라고 외친다… 맘에 든다. 맘에 들어. 신 실장."

"네 회장님."

"주식 양도 계약서!"

"네? 아, 네, 네. 알겠습니다."

처음에는 어리둥절했다가 바로 알아듣는 신지석.

접견실에 있는 컴퓨터에 자신의 USB를 꽂아 넣었다.

비서라면 언제 어디서든 모든 문서를 구비해야 하는 게 기본.

그 역시 각종 계약서 양식은 다 가지고 있었다.

지금 안재현이 지시했던 주식 양도 계약서 또한 그의 USB에 들어가 있었다.

그것을 열고 양도인과 양수인의 이름, 그리고 주식 회사명 등등 거래를 위한 기록을 재빠르게 바꾸었다.

그 상황에서 민호는 이제 심각하게 밀리고 있었다.

군대로 치면 특공대는 침투에 성공했지만, 본진을 완전히 내준 상황이었다.

급기야…

"장군!"

안재현의 나지막하지만 잔인한 목소리가 민호의 가슴을 후벼 팠다.

잠시 굳은 민호의 표정을 보는 안재현의 얼굴에 미소가 감돌았다.

그는 민호의 입에서 '멍군'이라는 소리를 듣고 싶지 않았다.

그게 바로 이 한 수를 위해서 안재현은 장군을 부를 기회를 몇 번이나 참은 이유였다.

적을 완벽한 외통수에 걸리게 하는 퍼펙트 한 수!

하지만 그의 입에서는 자비를 베풀 듯이 이런 말이 나왔다.

"잠시 생각할 시간을 가져라. 난 그동안 여기다 사인할 테니."

그렇게 말하고 신지석이 프린트 아웃한 계약서에 사인하는 안재현.

그런 그를 보는 민호의 입가가 꼬리를 물고 말려 올라갔다.

"생각은 필요 없습니다."

탁!

지금까지 신 나게 앞으로만 전진했던 그의 졸(卒)이 드디어 왕 앞에 서게 되었다.

"장군!"

그걸 보고 이용근의 눈빛이 기묘하게 변했다.

민호의 지금 한 수.

만약 졸을 피하려고 사(士)에 막힌 왕이 이동할 경우 민호가 미리 옮겨 놓은 차(車)에 죽는다.

어찌 보면 안재현도 외통수에 걸린 것이다.

그것도 졸(卒)한테.

하지만 장기의 제1원칙.

왕을 지키지 못하면 게임을 지기 때문에, 먼저 장군을 부른 안재현이 당연히 승리한 것이나 마찬가지였다.

지금 안재현의 차례에서, 장군을 막지 않은 민호의 왕은 바로 끝나는 것이기에.

안재현도 그걸 알고 눈과 눈 사이를 좁히며 민호를 쳐다보았는데…

"제 쪽의 왕은 제가 굳이 안 지킬래요. 전 그냥 졸(卒)일 뿐이거든요. 제 임무는 상대방의 왕만 죽이면 끝! 막든지 말든지 그건 알아서 하십시오!"

규칙을 무시하는 행동.

얼핏 보면 치사한 것 같지만, 당당한 민호의 말에 잠시 이용근조차 움찔했다.

거기다가 민호가 안재현을 보며 이런 말까지 꺼냈다.

"계약서 주십시오. 그거 보고 힌트 말씀해드려야 하니까."

✳

– 방정구.

민호가 남기고 간 힌트는 바로 사람 이름이었다.

저 세 글자가 L&S 주식의 값어치와 같다니.

늘 그렇지만 민호는 자신의 관점에서 세상을 바라본다.

지금도 마찬가지다.

따지고 보면 저 세 글자는 공짜로 베푼 셈이고, 주식은 전날 종가보다 더 비싸게 현금을 꽂아주고 구매했다.

"조금 우리가 손해 본 거 같은데…, 속은 시원하니까 뭐!"

성혜를 나오면서 그는 미소를 지었다.

속이 시원하다는 말이 그냥 하는 이야기가 아니었다.

솔직히 말하면 장기 두는 내내 조금 답답했다.

나중에 몇 수 앞두고 안재현이 함정을 만드는 것까지 보았을 때에는 짜증이 솟구쳤다.

함정에 빠지는 걸 알면서도 빠진다는 기분이 바로 이런 기분이구나.

그는 그렇게 생각하며, 원래 공격하던 패턴에 '너 죽고 나 죽자!' 식으로 돌진했다.

마지막은 선전포고였다.

재권에게는 미안하지만, 아까 장기와 비슷한 상황이라면, 최후에는 본진을 버리고 자신이 적장을 치리라고 다짐했다.

축구에서 홍명보 감독이 늘 마음속에 칼을 품고 다닌다고 했는데, 민호 역시 마찬가지다.

그런데 그 칼은 물론 아군을 보호할 무기가 아니라 적장을 칠 비수였다.

오늘은 그걸 꺼내지도 않았다.

대신 속마음의 일부는 드러냈다.

어쩌면 그걸 보고 안재현은 더욱더 자신을 욕심낼지도 모르겠다.

주인에 대한 충성심이 별로 없다고 생각하면서.

그러나 만약 안재현이 그렇게 생각한다면 오산이다.

민호와 재권의 관계는 주종(主從)이 아니라 친우(親友)였기에.

오늘도 전공을 올리고 자신을 칭찬해달라는 의미로 재권을 만난 게 아니라, 이 결과물을 가지고 앞으로의 전략을 짜기 위해서 바에 왔다.

바에는 물론 재권이 그를 기다리고 있었다.

아까 민호가 말한 두 번째 약속이 바로 이것이었다.

자리에 앉자마자 환한 미소로 민호는 다음 목표를 말했다.

"이제 47.4% 남았습니다."

"맞아. 47.4%. 그만큼 남았지."

고개를 끄덕이는 재권.

확보해야 할 주식을 말하는 것이리라.

사실 47.4%는 어마어마한 수치였다.

L&S 건설이 시공 능력 10위 안에 드는 건설회사라서, 주식 가격을 생각하면, 어마어마한 돈이 들어간다.

"일단 장인어른이 3% 확보했지."

"저축은행에서도 약 5%가 있습니다."

"그럼 이제 39.4%."

종로 큰 손도 허유정의 저축은행에서도 지난번 주식을 담보로 돈을 빌려줬다.

그러다가 또 돈이 부족하자 담보로 잡힌 주식을 완전히 매입했다.

재권이와의 관계를 생각하면, 충분히 우호지분으로 돌아설 수 있는 주식이 10%를 약간 넘는다는 계산이 나온다.

아직 10%로 기업의 경영권을 가져오기는 힘들다.

하지만 조금만 더 확보해서 만약 경영진이 제대로 운영하지 못하고 있다는 걸 제기한다면?

대주주들이 공감할 내용이며, 충분히 주주총회까지 갈 수 있다.

민호는 경영권을 확보할 안정선을 15%라고 줄곧 말했다.

최소한 현재 경영진인 재권의 매형과 누나가 합쳐서 10%도 되지 않으니 말이다.

그다음부터는 우호지분 싸움인데, 경영 잘해서 배당금을 많이 주는 쪽이 우리 편이다.

글로벌이 비록 매우 큰 대그룹은 아니지만, 최근 1년간 내실과 외형을 동시에 키우며 재계의 주목을 받을 만큼 경영을 잘해온 것도 사실.

당연히 대주주를 포함해서 일반 주주들의 지지를 받을 만했다.

목표가 가까워지자, 그날이 벌써 그려지는지 갈증이 솟구친 재권.

그는 단숨에 스트레이트 잔을 목에 넘겼다.

"크으으… 쓰다. 결국, 첫 번째가 큰 누나가 될 줄은 몰랐네."

"가장 현실적인 목표니까요."

"앞으로 그런 거… 미리 좀 알려줘라. 마음의 준비 좀 하게."

"하하하. 그게 저도… 마음대로 안 돼요. 모든 건 흐름에 맡기는 거잖아요."

먼저 공격하고 무너트린다는 것까지는 장기적인 계획을 세우기 힘들었다.

생각해야 할 변수가 너무나 많았기에.

지금도 마찬가지다.

계획을 짜던 민호의 스마트폰이 울렸는데, 화면에 나타난 이름이 종로 큰 손이었다.

동시에 재권의 스마트폰은 허유정의 이름이 떴다.

재권이 전화 좀 받고 오겠다고 자리를 뜬 후.

민호 역시 고개를 끄덕이며 스마트폰의 통화버튼을 눌렀다.

곧 종로 큰 손의 목소리가 들려왔다.

짜증이 심하게 묻어오는 걸 느꼈다.

(어디냐?)

"네? 재권이 형이랑 술 한잔 하고 있습니다."

(뉴스 안 봤지?)

"뉴스요? 네. 안 봤…"

갑자기 불길한 예감이 들었다.

그때 전화를 끊고 급하게 오는 재권이 바텐더에게 목소리를 키웠다.

"뉴스 좀 틀어주세요!"

"네? 네, 알겠습니다."

바텐더는 리모콘을 조작해 뉴스채널로 이동했다.

마침 9시 뉴스가 한참 진행되고 있었다.

거기서 흘러나오는 뉴스.

(자금 압박을 받던 L&S 건설이 위기를 딛고 기사회생을 할 기회를 맞았습니다. L&S 건설은 조금 전 인도네시아에서 석탄 화력 발전소 수주했다고 발표했습니다. 약 3.2억 불 규모의 이 플랜트 산업 수주로 자금난에 숨통이…)

최근 들어 L&S 건설의 위기설을 계속 보도했던 언론.

오랜만에 희소식을 전한다는 듯이 경제 뉴스의 기자는 목소리에 힘을 싣고 있었다.

그러나 화면에서 흘러나오는 뉴스를 보며 민호의 눈빛에는 짜증이 묻어 나왔다.

그는 종로 큰손에게 나중에 연락한다고 전화를 끊은 뒤에 재권을 보고 말했다.

"돈이… 조금 더 들겠네요. 어쩌면 많이…"

HOLIC : 그의 직장 성공기

150회. 승자의 미소

세상에서 쉬운 일은 없다.

쉽게 보는 것 자체가 그 사람의 오산이며 착각이다.

그런데 쉽게 보이는 것을 꼬아서 어렵게 만드는 경우도 있었다.

성혜 그룹 대표실에서 TV를 보는 안재현이 바로 그 종류의 사람이다.

그는 결코 손해 보는 일을 하지 않는다.

이번에도 주식을 생각보다 더 비싸게 처분했을 뿐만 아니라, 매형과 누나의 흑기사가 되어 나타났다.

물론 의도한 흑기사는 아니었다.

그에게는 솔직히 L&S 건설도 글로벌도 나중에 다 먹어야 할 대상이었다.

"…그래서 저쪽에서 확보한 L&S의 총 주식은 10.6%입니다."

뉴스를 보면서 이용근의 보고를 듣는 안재현의 입꼬리가 말려 올라갔다.

이용근이 보고한 '저쪽'은 글로벌 그룹이었다.

어느새 10.6%를 모았는가. 빠른 일 처리는 감탄할 만했다.

분명히 그 녀석이 나섰을 것이다.

아까 장기를 둘 때 졸(卒)로 왕(王)을 잡겠다고 황당한 선전포고를 한 녀석.

"L&S 쪽은 유민승이 1.9%, 안수현이 1.7%가 있고, 그들의 자제를 다 합쳐도 1%가 되지 않습니다."

"도대체… 가지고 있는 주식 다 어디다 팔아먹은 거야? 지금까지 뭐 한 거냐고? 그런 바보짓 하려고 독립했나…."

앞에서 보고하는 이용근에게 묻는 것은 아니었다.

이미 안재현은 주식의 행방을 알고 있었다.

그들이 가지고 있던 주식은 고스란히 종로 큰 손과 허유정의 저축은행으로 흘러들어 갔다.

처음에는 담보로 그다음에는 야금야금 넘기더니, 이제는 손을 쓸 수 없을 정도가 되었다.

안재현 역시 이 사실을 최근에 알았다.

그리고 고민했다. 자신이 가진 주식 2.6%로 무엇을 할 수 있을지.

결론은 아무것도 할 수 없었다.

아까 그 녀석이 순환출자로 남은 2.6%의 주식으로 아무것도 할 수 없게 만들어버렸다.

그 녀석이 가지고 있던 엄청난 정보를 내놓자 안재현은 그제야 깨달았다.

이미 너무 늦어버렸다는 것을.

방정구라는 이름 석 자.

그것을 깊이 파고 또 팠을 때, 그동안 성혜 마트와 한판 대결하고 있던 홈 마트의 배후가 정말 쉽게 드러났다.

에이스 그룹의 회장, 존슨.

그의 오른팔, 방정구.

시야만 조금 더 넓혔다면 충분히 알아낼 수 있었을 텐데…

"쯧쯧쯧… 김민호가 난 놈이긴 해. 안 그런가?"

"……."

"그래서 자네를 데리고 왔지만 말이야. 지금은 그 녀석 뒤통수가 좀 얼얼하겠어. 하하하."

병 주고 약 주는 안재현.

김민호를 칭찬하며 이용근의 속을 긁더니 바로 칭찬 비슷한 말을 했다.

그러고 나서 다시 웃음을 멈추며 하는 말.

"어쨌든 말이야… 내가 못 갖는 걸 그렇게 쉽게 내줄 수는 없어."

사실 안재현은 자신의 누나 안수현과 첩의 자식, 재권 둘 다 싫었다.

다만 덜 싫은 쪽이 전자였기에, 돈 안 들게 살며시 도왔을 뿐이다.

그리고 더 싫은 쪽이 L&S 건설을 인수할지라도 돈을 좀 많이 쓰게 하고 싶은 마음.

그래서 뉴스를 터트렸고, 생색은 바로 내라고 했다.

그 대상이 지금 들어온다는 말이 비서실장의 입을 통해서 들어왔다.

"L&S 건설의 대표님이 오셨습니다."

유민승의 차가 본사 건물 입구에 진입했다는 보고.

분명히 겸연쩍은 미소로 고맙다고 자신에게 말하겠지.

'하지만 거기까지다. 널 돕는 게 아니라… 그 첩의 자식 놈이 좀 더 고생해보라는 의미니까….'

안재현의 미소는 더욱 진해졌다.

그의 매형 유민승이 올라왔을 때에도 여전히 그 진한 미소를 지우지 않고 기다린 안재현.

늘 그렇지만 승자의 얼굴이 바로 이런 것이라는 걸 잘 알려주고 있었다.

같은 시간 다른 장소.

바에서는 여전히 민호와 재권이 TV에서 눈을 떼지 못했다.

"여기 물 좀 주세요."

잠시 후 뉴스가 끝나고 민호의 입에서 나오는 목소리는 매우 차분해졌다.

바텐더에게 시원한 물을 요구한 그의 음성만 봐도 잘 알 수 있었다.

그러고 나서 재권에게 말했다.

"저거… 사실일까요?"

아까 살짝 놀랐지만, 냉정함을 금세 되찾은 민호.

그러면서 뉴스의 진실 여부에 대해서 머릿속으로 분석하기 시작했다.

그런데 민호의 차분한 목소리와는 대조적으로 재권은 급하게 고개를 저었다.

"사실이든 아니든 중요하지 않아. 어차피 주식 가격이 오를 테고… 우리가 만약 L&S 건설을 가지려면, 더 많은 돈을 투자해야 하거든."

부정하고 싶지만, 재권의 말은 정확히 들어맞는 이야기였다.

주식 시장에서 호재는 터졌고, 그것이 사실이든 아니든

간에 일단 주식 가격은 오른다.

먼저 외국인이, 그다음에는 기관이, 마지막으로 개미들이…

"주식 시장에서 돈이 들어오면… 그 안에 숨을 돌리게 되겠지."

계속해서 재권은 가까운 미래를 예측했다.

뉴스 하나에 선순환이 되는 L&S 건설이 눈앞에 그려졌다.

물론 플랜트 수주는 일의 진행상황 중에 무산되는 경우가 종종 있었다.

계약까지 했는데, 나중에 수주한 쪽에서 돈이 없어서 무산!

이렇게 되면 그때 다시 주식의 거품이 꺼지겠지만, 당장은 회복할 수 있는 기간이 생긴다.

부도의 위험을 맞이했다가 저런 호재가 터지면…

"곧 유상증자할지도 모르겠네요."

여러 가지 방식으로 투자금을 모을 수 있었다.

바로 아래가 낭떠러지인데 일단 밑으로 내려갈 사다리 하나를 발견한 기분일 것이다.

그게 중간에 끊겨 있다고 할지라도, 내려가지 않을 수 없을 테니, L&S 대표, 유민승과 재권의 누나, 안수현의 선택을 비난할 수는 없었다.

그래도 민호는 절대 포기하지 않는다는 눈빛을 보였다.

"아까 수주한 곳… 첸다 그룹이라고 했죠?"

"응."

"일단 국가가 아니라 민간 주도 발전소네요."

"그렇지."

"그럼 이제부터 조사해야겠군요."

제일 좋은 건 직접 인도네시아를 가는 거지만, 여기서도 할 일이 많은 민호.

다행히 그곳에 출장 간 사람 둘이 있었다.

민호는 시계를 보았다. 지금쯤이면 도착할 시간이다.

생각과 동시에 바로 행동한다.

민호는 지금까지 거침없이 움직였다.

따라서 그는 강태학의 번호를 찍고 바로 통화버튼을 눌렀다.

❀

며칠이 지났다.

증권가의 찌라시가 돌고 있었다.

L&S 건설이 얼마 전에 수주받았던 석탄 화력 발전소가 모두 조작된 것이라는.

그 소문이 돌기 시작하면서 외국인들이 L&S 주식을 팔기 시작했다.

기관 역시 슬슬 발을 뺐다.

덕분에 하향곡선을 그리는 L&S 주가.

만약 이렇게 될 경우 어제 발표했던 유상증자 계획은 실현되지 않을 수도 있었다.

누가 떨어지는 주식을 추가로 매입하겠는가.

다시 L&S 건설에는 위기가 도래했다.

이즈음 해서 성혜 그룹의 관제탑에서는 새로운 소식을 하나 찾아냈다.

프로그래머 김명철은 그것을 가지고 바로 전략기획실에 들렀다.

"실장님은요?"

"식사하러 가셨습니다."

직원 하나가 빠르게 대답했다.

전화하고 오지 않은 걸 후회하는 김명철의 눈이 빛났다.

사무실에 들어오는 이용근을 발견한 것이다.

"실장님, 드릴 말씀이 있습니다."

"아, 그래요? 이쪽으로….."

이곳에서 가장 방음처리가 완벽한 장소는 회의실이다.

이용근이 가장 좋아하는 장소이기도 한 회의실에서 김명철은 자기가 찾은 결과물을 이야기했다.

"역시 찌라시 공장에서 나온 거군요. 예상은 했습니다."

김명철의 보고는 현재 L&S이 조작된 석탄 화력 발전소 수주의 진원지가 찌라시 공장이라는 게 포함이 되었다.

"그 찌라시 공장이라는 것 말입니다. 거기서 나온 소식들을 사람들이 너무 많이 믿는군요. 분명히 유언비어가 절반 이상인데…."

이용근은 머리를 흔들었다.

이래서야 그동안 뉴스를 터트리면서 살짝 흑기사 노릇을 한, 안재현의 수고가 무위로 돌아갈 수밖에 없었다.

아무튼, 결과가 나왔으니 그 역시 안재현에게 보고해야 했다.

위로 올라가 김명철에게 들은 이야기를 전달하자 안재현은 눈을 감았다.

"찌라시 공장이라고…?

"그렇습니다. 여의도 쪽입니다."

여의도 쪽.

JJ 사모펀드, 즉 에이스 그룹이 배후에 있다는 그곳이란 의미였다.

그쪽도 L&S 건설을 노린다는 말이었는데, 이제는 도저히 손을 더 쓸 수가 없었다.

사실 그러고 싶지도 않았다.

지난번 유민승은 그저 고맙다는 말만 하고 갔을 뿐이다.

말 안 해도 무언가를 바쳐야 하는데…

그래서 이제 훼방은 여기까지라고 생각했다.

L&S 건설이 무너지는 것은 시간문제.

어차피 L&S 건설의 유민승이 이 정도의 능력밖에 갖추지 못했다면, 당연히 어딘가로 넘어갈 수밖에 없었으니.

다만 그 '어딘가'가 글로벌일지 JJ 사모펀드인지는 멀리서 지켜보기로 결심했다.

그리고…

이번 전쟁에서 찌라시의 존재가 미치는 영향을 본 안재현은 이용근에게 말했다.

"그 찌라시 공장이라는 거… 우리도 만들어."

"네?"

"이쪽도, 저쪽도 가지고 있잖아! 큰 도움이 된다면 우리도 만들어야지."

"네, 알겠습니다."

아마 찌라시 공장, 그 자체를 만들라는 의미는 아닐 것이다.

여의도 찌라시 공장과 종로의 그것과 필적하거나 더 나은 정보 수집 기관을 만들라는 의미.

그것을 캐치하며 이용근의 머리는 다시 새로운 계획을 짜기 시작했다.

❋

L&S 건설은 요즘 장례식장 분위기였다.

유상증자 계획은 실패했고, 대주주들이 궐기해서 주주총회를 열어달라고 이사회에 정식으로 서면 신청했다.

임시총회는 그들의 권리이며, 경영진의 의무였기에 결국, 주주총회가 결정되었다.

　다음 달 중순, 즉, 5월 13일로 확정이 되었다.

　유민승 대표는 이제 마음의 준비를 해야 했다.

　"후우… 결국…."

　그의 입에서 담배 연기가 내뿜어져 나왔다.

　시선을 돌리고 고개를 떨구며 아래를 보았다.

　순간적으로 뛰어내리고 싶은 L&S 건설 본사 건물의 옥상 위.

　하지만 겁이 나서 그것도 할 수 없었다.

　옥상에서 내려오면서 계속 생각했다.

　지금이라도 입장을 분명히 하고 한쪽의 손을 잡아야 자신의 남은 인생을 보전할 수 있었다.

　물론 현명한 선택을 해야 그 안전한 삶이 가능했다.

　이를 위해서 아내인 안수현과 상의한 유민승.

　전화는 그가 아닌 안수현이 했다.

　　　　　　　　　　❉

　같은 시각 민호와 같이 있는 재권의 전화벨이 울렸다.

　(재권이니?)

　"네, 말씀하세요."

　(도와줘라.)

안수현의 목소리가 들리자 재권의 얼굴에 웃음이 번졌다.

말은 도와달라고 했지만, 실질적으로는 항복 선언이나 마찬가지였다.

그럴 수밖에 없었을 것이다.

지금까지 L&S라는 이름까지 쓰며 최선을 다해서 정통성을 부여잡았다.

안재현과 척을 지고 있던 많은 옛 중역이 이곳으로 모여 재기를 노렸다.

그들은 예전 안판석의 L&S 그룹을 그리워하며 회귀를 꿈꿨다.

바로 L&S 건설을 통해서 말이다.

문제는 너무 많이 벌여놓은 것이 양날의 검처럼 회사에 큰 타격으로 돌아왔다.

이제 돌아오는 어음을 막지 못하면 부도에 이른다.

그렇게 되면 경영권을 방어하기도 쉽지가 않을 뿐만 아니라, 이미지에 치명적인 타격을 받게 된다.

그래서 민호가 계획하고 재권이 제안한 협상안을 받아들일 수밖에 없었다.

지금 도와달라는 신호가 바로 그 협상안을 받아들인다는 뜻이었다.

"알겠어요. 일단 기다리세요."

재권은 전화를 끊고 민호를 보았다.

이미 통화내용을 듣고 있던 민호의 눈빛에 자신감이 물씬 풍긴다는 걸 알 수 있었다.

그래도 방심하면 안 된다.

그렇게 되면 경영권 방어가 쉽지 않을 수 있었다.

특히, 이번에 발생한 찌라시 공격은 민호 역시 깜짝 놀랐다.

여의도 찌라시 공장의 폭탄 투하.

그러면서 JJ 사모펀드는 L&S 건설의 주식을 끌어모았다.

정확히 말하면 외국인들이 그들에게 주식을 팔았다.

덩달아 판 기관들의 주식도 그들이 거둬 갔다.

개미들도 이때다 싶어서 그들에게 주식을 넘겼다.

그렇게 모은 주식이 벌써 5%에 육박했다.

점점 주주총회에서 유민승과 안수현이 이길 가능성이 점점 희박해졌다.

그때 그들에게 제안했다.

일을 수습해주고 글로벌 그룹 내에서 어느 정도의 직위를 보장해주겠다는 재권의 전화.

그런데 진짜 수습할 수 있을까?

지금 민호를 바라보는 재권의 눈에 담긴 물음표는 그것을 물어보고 있었다.

"일단 수습하는 방법은 간단합니다."

"그게 뭐지?"

"없던 일을 진짜로 만들면 됩니다."

"……!"

없던 일을 진짜로 만든다?

재권은 민호가 무슨 말을 하는지 알아듣긴 했다.

인도네시아 석탄 화력 발전소 수주를 말하는 것이리라.

"그럼….'"

"어쩔 수 없이 이번 결혼식 후에 진짜 인도네시아로 신혼여행 가야 할 거 같습니다. 하하하."

민호의 웃음에 넘쳐흐르는 자신감.

재권도 그 웃음에 전염이 되어 같이 웃고 말았다.

〈7권에서 계속〉